Biblioteca Carlos Fuentes

Contemporánea

Carlos Fuentes (1928-2012). Connotado intelectual y uno de los principales exponentes de la narrativa mexicana, su vasta obra incluye novela, cuento, teatro y ensayo. Recibió numerosos premios, entre ellos los siguientes: Premio Biblioteca Breve 1967 por *Cambio de piel*. Premio Xavier Villaurrutia y Premio Rómulo Gallegos por *Terra Nostra*. Premio Internacional Alfonso Reyes 1979. Premio Nacional de Ciencias y Artes en Lingüística y Literatura 1984. Premio Cervantes 1987. Orden de la Independencia Cultural Rubén Darío, otorgada por el Gobierno Sandinista, 1988. Premio del Instituto Italo-Americano 1989 por *Gringo viejo*. Medalla Rectoral de la Universidad de Chile, 1991. Condecoración con la Orden al Mérito de Chile, en grado de Comendador, 1993. Premio Príncipe de Asturias, 1994. Premio Internacional Grizane Cavour, 1994. Premio Picasso, otorgado por la UNESCO, Francia, 1994. Premio de la Latinidad otorgado por las Academias Brasileña y Francesa de la Lengua, 2000. Legión de Honor del Gobierno Francés, 2003. Premio Roger Caillois, 2003. Premio Real Academia Española 2004 por *En esto creo*. Premio Galileo 2000, Italia, 2005. Gran Cruz de la Orden de Isabel la Católica, 2008. Premio Internacional Don Quijote de la Mancha, 2008. Gran Medalla de Verneil, 2010. Premio Internacional Fundación Cristóbal Gabarrón de las Letras 2011. Premio Formentor de las Letras 2011.

CARLOS FUENTES

Cantar de ciegos

DEBOLS!LLO

Cantar de ciegos

Primera edición en Debolsillo: septiembre, 2016

D. R. © 1964, Carlos Fuentes y Herederos de Carlos Fuentes

D. R. © 2016, derechos de edición mundiales en lengua castellana:
Penguin Random House Grupo Editorial, S. A. de C. V.
Blvd. Miguel de Cervantes Saavedra núm. 301, 1er piso,
colonia Granada, delegación Miguel Hidalgo, C. P. 11520,
México, D. F.

www.megustaleer.com.mx

ISBN: 978-607-314-473-5

Impreso en México – *Printed in Mexico*

El papel utilizado para la impresión de este libro ha sido fabricado a partir de madera procedente
de bosques y plantaciones gestionadas con los más altos estándares ambientales, garantizando
una explotación de los recursos sostenible con el medio ambiente y beneficiosa para las personas.

Penguin
Random House
Grupo Editorial

Las dos Elenas

A José Luis Cuevas

—No sé de dónde le salen esas ideas a Elena. Ella no fue educada de ese modo. Y usted tampoco, Víctor. Pero el hecho es que el matrimonio la ha cambiado. Sí, no cabe duda. Creí que le iba a dar un ataque a mi marido. Esas ideas no se pueden defender, y menos a la hora de la cena. Mi hija sabe muy bien que su padre necesita comer en paz. Si no, en seguida le sube la presión. Se lo ha dicho el médico. Y después de todo, este médico sabe lo que dice. Por algo cobra a 200 pesos la consulta. Yo le ruego que hable con Elena. A mí no me hace caso. Dígale que le soportamos todo. Que no nos importa que desatienda su hogar por aprender francés. Que no nos importa que vaya a ver esas películas rarísimas a unos antros llenos de melenudos. Que no nos importan esas medias rojas de payaso. Pero que a la hora de la cena le diga a su padre que una mujer puede vivir con dos hombres para complementarse... Víctor, por su propio bien usted debe sacarle esas ideas de la cabeza a su mujer.

Desde que vio *Jules et Jim* en un cine-club, Elena tuvo el duende de llevar la batalla a la cena dominical con sus padres —la única reunión obligatoria de la familia—. Al salir del cine, tomamos el MG y nos fuimos a cenar al Coyote Flaco en Coyoacán. Elena se veía, como siempre, muy bella con el suéter negro y la falda de cuero y las medias que no le gustan a su mamá. Además, se había colgado una cadena de oro de la cual pendía un tallado en jadeíta que, según un amigo antropólogo, describe al príncipe Uno Muerte de los mixtecos. Elena, que es siempre tan alegre y despreocupada, se veía, esa noche, intensa: los colores se le habían subido a las mejillas y apenas saludó a los amigos que generalmente hacen tertulia en ese restaurante un tanto gótico. Le pregunté qué deseaba ordenar y no me contestó; en vez, tomó mi puño y me miró fijamente. Yo ordené dos pepitos con ajo mientras Elena agitaba su cabellera rosa pálido y se acariciaba el cuello:

—Víctor, nibelungo, por primera vez me doy cuenta que ustedes tienen razón en ser misóginos y que nosotras nacimos para que nos detesten. Ya no voy a fingir más. He descubierto que la misoginia es la condición del amor. Ya sé que estoy equivocada, pero mientras más necesidades exprese, más me vas a odiar y más me vas a tratar de satisfacer. Víctor, nibelungo, tienes que comprarme un traje de marinero antiguo como el que saca Jeanne Moreau.

Yo le dije que me parecía perfecto, con tal de que lo siguiera esperando todo de mí. Elena me acarició la mano y sonrió.

—Ya sé que no terminas de liberarte, mi amor. Pero ten fe. Cuando acabes de darme todo lo que yo te pida, tú mismo rogarás que otro hombre comparta nuestras vidas. Tú mismo pedirás ser Jules. Tú mismo pedirás que Jim viva con nosotros y soporte el peso. ¿No lo dijo el Güerito? Amémonos los unos a los otros, cómo no.

Pensé que Elena podría tener razón en el futuro; sabía después de cuatro años de matrimonio que al lado suyo todas las reglas morales aprendidas desde la niñez tendían a desvanecerse naturalmente. Eso he amado siempre en ella: su naturalidad. Nunca niega una regla para imponer otra, sino para abrir una especie de puerta, como aquellas de los cuentos infantiles, donde cada hoja ilustrada contiene el anuncio de un jardín, una cueva, un mar a los que se llega por la apertura secreta de la página anterior.

—No quiero tener hijos antes de seis años —dijo una noche, recostada sobre mis piernas, en el salón oscuro de nuestra casa, mientras escuchábamos discos de Cannonball Adderley; y en la misma casa de Coyoacán que hemos decorado con estofados policromos y máscaras coloniales de ojos hipnóticos: —Tú nunca vas a misa y nadie dice nada. Yo tampoco iré y que digan lo que quieran; y en el altillo que nos sirve de recámara y que en las mañanas claras recibe la luz de los volcanes: —Voy a tomar el café con Alejandro hoy. Es un gran dibujante y se cohibiría si tú estuvieras presente y yo necesito que me explique a solas algunas cosas; y mientras me sigue por los tablones que comunican los pisos inacabados del conjunto de casas que construyo en el Desierto de los Leones: —Me voy 10 días a viajar en tren por la república; y al tomar un café apresurado en el Tirol a media tarde, mientras mueve los dedos en señal de saludo a los amigos que pasan por la calle de Hamburgo: —Gracias por llevarme a conocer el burdel, nibelungo. Me pareció como de tiempos de Toulouse-Lautrec, tan inocente como un cuento de Maupassant. ¿Ya ves? Ahora averigüé que el pecado y la depravación no están allí, sino en otra parte; y después de una exhibición privada de *El ángel exterminador*: —Víctor, lo moral es todo lo que da vida y lo inmoral todo lo que quita vida, ¿verdad que sí?

Y ahora lo repitió, con un pedazo de sándwich en la boca: —¿Verdad que tengo razón? Si un ménage à trois nos da vida y alegría y nos hace mejores en nuestras relaciones personales entre tres de lo que éramos en la relación entre dos, ¿verdad que eso es moral?

Asentí mientras comía, escuchando el chisporroteo de la carne que se asaba a lo largo de la alta parrilla. Varios amigos cuidaban de que sus rebanadas estuvieran al punto que deseaban y luego vinieron a sentarse con nosotros y Elena volvió a reír y a ser la de siempre. Tuve la mala idea de recorrer los rostros de nuestros amigos con la mirada e imaginar a cada uno instalado en mi casa, dándole a Elena la porción de sentimiento, estímulo, pasión o inteligencia que yo, agotado en mis límites, fuese incapaz de obsequiarle. Mientras observaba este rostro agudamente dispuesto a escuchar (y yo a veces me canso de oírla), ése amablemente ofrecido a colmar las lagunas de los razonamientos (yo prefiero que su conversación carezca de lógica o de consecuencias), aquél más inclinado a formular preguntas precisas y, según él, reveladoras (y yo nunca uso la palabra, sino el gesto o la telepatía para poner a Elena en movimiento), me consolaba diciéndome que, al cabo, lo poco que podrían darle se lo darían a partir de cierto extremo de mi vida con ella, como un postre, un cordial, un añadido. Aquél, el del peinado a lo Ringo Starr, le preguntó precisa y reveladoramente por qué seguía siéndome fiel y Elena le contestó que la infidelidad era hoy una regla, igual que la comunión todos los viernes antes, y lo dejó de mirar. Ése, el del cuello de tortuga negro, interpretó la respuesta de Elena añadiendo que, sin duda, mi mujer quería decir que ahora la fidelidad volvía a ser la actitud rebelde. Y éste, el del perfecto saco eduardiano, sólo invitó con la mirada intensamente oblicua a que Elena hablara más: él sería el perfecto auditor. Elena levantó los brazos y pidió un café exprés al mozo.

Caminamos tomados de la mano por las calles empedradas de Coyoacán, bajo los fresnos, experimentando el contraste del día caluroso que se prendía a nuestras ropas y la noche húmeda que, después del aguacero de la tarde, sacaba brillo a nuestros ojos y color a nuestras mejillas. Nos gusta caminar, en silencio, cabizbajos y tomados de la mano, por las viejas calles que han sido, desde el principio, un punto de encuentro de nuestras comunes inclinaciones a la asimilación. Creo que de esto nunca hemos hablado Elena y yo. Ni hace falta. Lo cierto es que nos da placer hacernos de cosas viejas, como si las rescatáramos de algún olvido doloroso o al tocarlas les diéramos nueva vida o al buscarles el sitio, la luz y el ambiente adecuados en la casa, en realidad nos estuviéramos defendiendo contra un olvido semejante en el futuro. Queda esa manija con fauces de león que encontramos en una hacienda de los Altos y que acariciamos al abrir el zaguán de la casa, a sabiendas de que cada caricia la desgasta; queda la cruz de piedra en el jardín, iluminada por una luz amarilla, que representa cuatro ríos convergentes de corazones arrancados, quizá, por las mismas manos que después tallaron la piedra, y quedan los caballos negros de algún carrusel hace tiempo desmontado, así como los mascarones de proa de bergantines que yacerán en el fondo del mar, si no muestran su esqueleto de madera en alguna playa de cacatúas solemnes y tortugas agonizantes.

Elena se quita el suéter y enciende la chimenea, mientras yo busco los discos de Cannonball, sirvo dos copas de ajenjo y me recuesto a esperarla sobre el tapete. Elena fuma con la cabeza sobre mis piernas y los dos escuchamos el lento saxo del Hermano Lateef, a quien conocimos en el Gold Bug de Nueva York con su figura de brujo congolés vestido por Disraeli, sus ojos dormidos y gruesos como dos boas africanas, su barbilla de Svengali segregado y sus labios morados unidos al saxo que enmudece al negro para hacerlo hablar con una elocuencia tan ajena a su seguramente ronco tartamudeo de la vida diaria, y las notas lentas, de una plañidera afirmación, que nunca alcanzan a decir todo lo que quieren porque sólo son, de principio a fin, una búsqueda y una aproximación llenas de un extraño pudor, le dan un gusto y una dirección a nuestro tacto, que comienza a reproducir el sentido del instrumento de Lateef: puro anuncio, puro preludio, pura limitación a los goces preliminares que, por ello, se convierten en el acto mismo.

—Lo que están haciendo los negros americanos es voltearle el chirrión por el palito a los blancos —dice Elena cuando tomamos nuestros consabidos lugares en la enorme mesa chippendale del comedor de sus padres—. El amor, la música, la vitalidad de los negros obligan a los blancos a justificarse. Fíjense que ahora los blancos persiguen físicamente a los negros porque al fin se han dado cuenta de que los negros los persiguen psicológicamente a ellos.

—Pues yo doy gracias de que aquí no haya negros —dice el padre de Elena al servirse la sopa de poro y papa que le ofrece, en una humeante sopera de porcelana, el mozo indígena que de día riega los jardines de la casota de las Lomas.

—Pero eso qué tiene que ver, papá. Es como si los esquimales dieran gracias por no ser mexicanos. Cada quien es lo que es y ya. Lo interesante es ver qué pasa cuando entramos en contacto con alguien que nos pone en duda y sin embargo sabemos que nos hace falta. Y que nos hace falta porque nos niega.

—Anda, come. Estas conversaciones se vuelven más idiotas cada domingo. Lo único que sé es que tú no te casaste con un negro, ¿verdad? Higinio, traiga las enchiladas.

Don José nos observa a Elena, a mí y a su esposa con aire de triunfo, y doña Elena madre, para salvar la conversación languideciente, relata sus actividades de la semana pasada, yo observo el mobiliario de brocado color palo de rosa, los jarrones chinos, las cortinas de gasa y las alfombras de piel de vicuña de esta casa rectilínea detrás de cuyos enormes ventanales se agitan los eucaliptos de la barranca. Don José sonríe cuando Higinio le sirve las enchiladas copeteadas de crema y sus ojillos verdes se llenan de una satisfacción casi patriótica, la misma que he visto en ellos cuando el presidente agita la bandera el 15 de septiembre, aunque no la misma —mucho más húmeda— que los enternece cuando se sienta a fumar un puro frente a su sinfonola privada y escucha boleros. Mis ojos se detienen en la mano pálida de doña Elena, que juega con el migajón de bolillo y recuenta, con fatiga, todas las ocupaciones que la mantuvieron activa desde la última vez que nos vimos. Escucho de lejos esa catarata de idas y venidas, juegos de canasta, visitas al dispensario de niños pobres, novenarios, bailes de caridad, búsqueda de cortinas nuevas, pleitos con las criadas, largos telefonazos con los amigos, suspiradas visitas a curas, bebés, modistas, médicos, relojeros, pasteleros, ebanistas y enmarcadores. He detenido la mirada en sus dedos pálidos, largos y acariciantes, que hacen pelotitas con la migaja.

—...les dije que nunca más vinieran a pedirme dinero a mí, porque yo no manejo nada. Que yo los enviaría con gusto a la oficina de tu padre y que allí la secretaria los atendería...

...la muñeca delgadísima, de movimientos lánguidos, y la pulsera con medallones del Cristo del Cubilete, el Año Santo en Roma y la visita del presidente Kennedy, realzados en cobre y en oro, que chocan entre sí mientras doña Elena juega con el migajón...

—...bastante hace una con darles su apoyo moral, ¿no te parece? Te busqué el jueves para ir juntas a ver el estreno del Diana. Hasta mandé al chofer desde temprano a hacer cola, ya ves qué colas hay el día del estreno...

...y el brazo lleno, de piel muy transparente, con las venas trazadas como un segundo esqueleto, de vidrio, dibujado detrás de la tersura blanca.

—...invité a tu prima Sandrita y fui a buscarla con el coche pero nos entretuvimos con el niño recién nacido. Está precioso. Ella está muy sentida porque ni siquiera has llamado para felicitarla. Un telefonazo no te costaría nada, Elenita...

...y el escote negro abierto sobre los senos altos y apretados como un nuevo animal capturado en un nuevo continente...

—...después de todo, somos de la familia. No puedes negar tu sangre. Quisiera que tú y Víctor fueran al bautizo. Es el sábado entrante. La ayudé a escoger los ceniceritos que van a regalarle a los invitados. Vieras que se nos fue el tiempo platicando y los boletos se quedaron sin usar.

Levanté la mirada. Doña Elena me miraba. Bajó en seguida los párpados y dijo que tomaríamos el café en la sala. Don José se excusó y se fue a la biblioteca, donde tiene esa rocola eléctrica que toca sus discos favoritos a cambio de un falso 20 introducido por la ranura. Nos sentamos a tomar el café y a lo lejos el jukebox emitió un gluglu y empezó a tocar *Nosotros* mientras doña Elena encendía el aparato de televisión, pero dejándolo sin sonido, como lo indicó llevándose un dedo a los labios. Vimos pasar las imágenes mudas de un programa de tesoro escondido, en el que un solemne maestro de ceremonias guiaba a los cinco concursantes —dos jovencitas nerviosas y risueñas peinadas como colmenas, un ama de casa muy modosa y dos hombres morenos, maduros y melancólicos— hacia el cheque escondido en el apretado estudio repleto de jarrones, libros de cartón y cajitas de música.

Elena sonrió, sentada junto a mí en la penumbra de esa sala de pisos de mármol y alcatraces de plástico. No sé de dónde sacó ese apodo ni qué tiene que ver conmigo, pero ahora empezó a hacer juegos de palabras con él mientras me acariciaba la mano:

—Nibelungo. Ni Ve Lungo. Nibble Hon-go. Niebla lunga.

Los personajes grises, rayados, ondulantes buscaban su tesoro ante nuestra vista y Elena, acurrucada, dejó caer los zapatos sobre la alfombra y bostezó mientras doña Elena me miraba, interrogante, aprovechada de la oscuridad, con esos ojos negros muy abiertos y rodeados de ojeras profundas. Cruzó una pierna y se arregló la falda sobre las rodillas. Desde la biblioteca nos llegaban los murmullos del bolero: "nosotros, que nos queremos tanto" y, quizás, algún gruñido del sopor digestivo de don José. Doña Elena dejó de mirarme para fijar sus grandes ojos negros en los eucaliptos agitados detrás del ventanal. Seguí su nueva mirada. Elena bostezaba y ronroneaba, recostada sobre mis rodillas. Le acaricié la nuca. A nuestras espaldas, la barranca que cruza como una herida salvaje las Lomas de Chapultepec parecía guardar un fondo de luz secretamente subrayado por la noche móvil que doblaba la espina de los árboles y despeinaba sus cabelleras pálidas.

—¿Recuerdas Veracruz? —dijo, sonriendo, la madre a la hija; pero doña Elena me miraba a mí. Elena asintió con un murmullo, adormilada sobre mis piernas, y yo contesté:

—Sí. Hemos ido muchas veces juntos.

—¿Le gusta? —doña Elena alargó la mano y la dejó caer sobre el regazo.

—Mucho —le dije—. Dicen que es la última ciudad mediterránea. Me gusta la comida. Me gusta la gente. Me gusta sentarme horas en los portales y comer molletes y tomar café.

—Yo soy de allí —dijo la señora; por primera vez noté sus hoyuelos.

—Sí. Ya lo sé.

—Pero hasta he perdido el acento —rió, mostrando las encías—. Me casé de 18 años. Y en cuanto vive una en México pierde el acento jarocho. Usted ya me conoció, pues madurita.

—Todos dicen que usted y Elena parecen hermanas.

Los labios eran delgados pero agresivos: —No. Es que ahora recordaba las noches de tormenta en el golfo. Como que el sol no quiere perderse, ¿sabe usted?, y se mezcla con la tormenta y todo queda bañado por una luz muy verde, muy pálida, y una se sofoca detrás de los batientes esperando que pase el agua. La lluvia no refresca en el trópico. Nomás hace calor. Y no sé por qué los criados tenían que cerrar los batientes cada vez que venía una tormenta. Tan bonito que hubiera sido dejarla pasar con las ventanas muy abiertas.

Encendí un cigarrillo: —Sí, se levantan olores muy espesos. La tierra se desprende de sus perfumes de tabaco, de café, de pulpa…

—También las recámaras —doña Elena cerró los ojos.

—¿Cómo?

—Entonces no había clósets —se pasó la mano por las ligeras arrugas cercanas a los ojos—. En cada cuarto había un ropero y las criadas tenían la costumbre de colocar hojas de laurel y orégano entre la ropa. Además, el sol nunca secaba bien algunos rincones. Olía a moho, ¿cómo le diré?, a musgo...

—Sí, me imagino. Yo nunca he vivido en el trópico. ¿Lo echa usted de menos?

Y ahora se frotó las muñecas, una contra otra, y mostró las venas saltonas de las manos: —A veces. Me cuesta trabajo acordarme. Figúrese, me casé de 18 años y ya me consideraban quedada.

—¿Y todo esto se lo recordó esa extraña luz que ha permanecido en el fondo de la barranca?

La mujer se levantó. —Sí. Son los spots que José mandó poner la semana pasada. Se ven bonitos, ¿no es cierto?

—Creo que Elena se ha dormido.

Le hice cosquillas en la nariz y Elena despertó y regresamos en el MG a Coyoacán.

—Perdona esas latas de los domingos —dijo Elena cuando yo salía a la obra la mañana siguiente—. Qué remedio. Alguna liga debía quedarnos con la familia y la vida burguesa, aunque sea por necesidad de contraste.

—¿Qué vas a hacer hoy? —le pregunté mientras enrollaba mis planos y tomaba mi portafolios.

Elena mordió un higo y se cruzó de brazos y le sacó la lengua a un Cristo bizco que encontramos una vez en Guanajuato. —Voy a pintar toda la mañana. Luego voy a comer con Alejandro para mostrarle mis últimas cosas. En su estudio. Sí, ya lo terminó. Aquí en el Olivar de los Padres. En la tarde iré a la clase de francés. Quizá me tome un café y luego te espero en el cine-club. Dan un western mitológico: *High Noon*. Mañana quedé en verme con esos chicos negros. Son de los Black Muslims y estoy temblando por saber qué piensan en realidad. ¿Te das cuenta que sólo sabemos de eso por los periódicos? ¿Tú has hablado alguna vez con un negro norteamericano, nibelungo? Mañana en la tarde no te atrevas a molestarme. Me voy a encerrar a leerme Nerval de cabo a rabo. Ni crea Juan que vuelve a apantallarme con el soleil noir de la mélancolie y llamándose a sí mismo el viudo y el desconsolado. Ya lo caché y le voy a dar un baño mañana en la noche. Sí, va a "tirar" una fiesta de disfraces. Tenemos que ir vestidos de murales mexicanos. Más vale asimilar eso de una vez. Cómprame unos alcatraces, Víctor nibelunguito, y si quieres vístete del cruel conquistador Alvarado que marcaba con hierros candentes a las indias antes de poseerlas. —Oh Sade, where is the whip? Ah, y el miércoles toca Miles Davies en Bellas Artes. Es un poco passé, pero de todos modos me alborota el hormonamen. Compra boletos. Chao, amor.

Me besó la nuca y no pude abrazarla por los rollos de proyectos que traía entre manos, pero arranqué en el auto con el aroma del higo en el cuello y la imagen de Elena con mi camisa puesta, desabotonada y amarrada a la altura del ombligo y sus estrechos pantalones de torero y los pies descalzos, disponiéndose a… ¿iba a leer un poema o a pintar un cuadro? Pensé que pronto tendríamos que salir juntos de viaje. Eso nos acercaba más que nada. Llegué al periférico. No sé por qué, en vez de cruzar el puente de Altavista hacia el Desierto de los Leones, entré al anillo y aceleré. Sí, a veces lo hago. Quiero estar solo y correr y reírme cuando alguien me la refresca. Y, quizá, guardar durante media hora la imagen de

Elena al despedirme, su naturalidad, su piel dorada, sus ojos verdes, sus infinitos proyectos, y pensar que soy muy feliz a su lado, que nadie puede ser más feliz al lado de una mujer tan vivaz, tan moderna, que... que me... que me complementa tanto.

Paso al lado de una fundidora de vidrio, de una iglesia barroca, de una montaña rusa, de un bosque de ahuehuetes. ¿Dónde he escuchado esa palabrita? Complementar. Giro alrededor de la Fuente de Petróleos y subo por el Paseo de la Reforma. Todos los automóviles descienden al centro de la ciudad, que reverbera al fondo detrás de un velo impalpable y sofocante. Yo asciendo a las Lomas de Chapultepec, donde a estas horas sólo quedan los criados y las señoras, donde los maridos se han ido al trabajo y los niños a la escuela y seguramente mi otra Elena, mi complemento, debe esperar en su cama tibia con los ojos negros y ojerosos muy azorados y la carne blanca y madura y honda y perfumada como la ropa en los bargueños tropicales.

La muñeca reina

A María Pilar y José Donoso

I

Vine porque aquella tarjeta, tan curiosa, me hizo recordar su existencia. La encontré en un libro olvidado cuyas páginas habían reproducido un espectro de la caligrafía infantil. Estaba acomodando, después de mucho tiempo de no hacerlo, mis libros. Iba de sorpresa en sorpresa, pues algunos, colocados en las estanterías más altas, no fueron leídos durante mucho tiempo. Tanto, que el filo de las hojas se había granulado, de manera que sobre mis palmas abiertas cayó una mezcla de polvo de oro y escama grisácea, evocadora del barniz que cubre ciertos cuerpos entrevistos primero en los sueños y después en la decepcionante realidad de la primera función de ballet a la que somos conducidos. Era un libro de mi infancia —acaso de la de muchos niños— y relataba una serie de historias ejemplares más o menos truculentas que poseían la virtud de arrojarnos sobre las rodillas de nuestros mayores para preguntarles, una y otra vez, ¿por qué? Los hijos que son desagradecidos con sus padres, las mozas que son raptadas por caballerangos y regresan avergonzadas a la casa, así como las que de buen grado abandonan el hogar, los viejos que a cambio de una hipoteca vencida exigen la mano de la muchacha más dulce y adolorida de la familia amenazada, ¿por qué? No recuerdo las respuestas. Sólo sé que de entre las páginas manchadas cayó, revoloteando, una tarjeta blanca con la letra atroz de Amilamia: *Amilamia no olbida a su amigito y me buscas aquí como te lo divujo.*

Y detrás estaba ese plano de un sendero que partía de la X que debía indicar, sin duda, la banca del parque donde yo, adolescente rebelde a la educación prescrita y tediosa, me olvidaba de los horarios de clase y pasaba varias horas leyendo libros que, si no fueran escritos por mí, me lo parecían: ¿cómo iba a dudar que sólo de mi imaginación podían surgir todos esos corsarios, todos esos correos del zar, todos esos muchachos, un poco más jóvenes que yo, que bogaban el día entero sobre una barcaza a lo largo de los grandes ríos americanos? Prendido al brazo de la banca como a un arzón milagroso, al principio no escuché los pasos ligeros que, después de correr sobre la grava del jardín se detenían a mis espaldas. Era Amilamia y no supe cuánto tiempo me habría acompañado en silencio si su espíritu travieso, cierta tarde, no hubiese optado por hacerme cosquillas en la oreja con los vilanos de un amargón que la niña soplaba hacia mí con los labios hinchados y el ceño fruncido.

Preguntó mi nombre y después de considerarlo con el rostro muy serio, me dijo el suyo con una sonrisa, si no cándida, tampoco demasiado ensayada. Pronto me di cuenta que Amilamia había encontrado, por así decirlo, un punto intermedio de expresión entre la ingenuidad de sus años y las formas de mímica adulta que los niños bien educados deben conocer, sobre todo para los momentos solemnes de la presentación y la despedida. La gravedad de Amilamia, más bien, era un don de su naturaleza, al grado de que sus momentos de espontaneidad, en contraste, parecían aprendidos. Quiero recordarla, una tarde y otra, en una sucesión de imágenes fijas que acaban por sumar a Amilamia entera. Y no deja de sorprenderme que no pueda pensar en ella como realmente fue, o como en verdad se movía, ligera, interrogante, mirando de un lado a otro sin cesar. Debo recordarla detenida para siempre, como en un álbum. Amilamia a lo lejos, un punto en el lugar donde la loma caía, desde un lago de tréboles, hacia el prado llano donde yo leía sentado sobre la banca: un punto de sombra y sol fluyentes y una mano que me saludaba desde allá arriba. Amilamia detenida en su carrera loma abajo, con la falda blanca esponjada y los calzones de florecillas apretados con ligas alrededor de los muslos, con la boca abierta y los ojos entrecerrados porque la carrera agitaba el aire y la niña lloraba de gusto. Amilamia sentada bajo los eucaliptos, fingiendo un llanto para que yo me acercara a ella. Amilamia boca abajo con una flor entre las manos: los pétalos de un amento que, descubrí más tarde, no crecía en este jardín, sino en otra parte, quizá en el jardín de la casa de Amilamia, pues la única bolsa de su delantal de cuadros azules venía a menudo llena de esas flores blancas. Amilamia viéndome leer, detenida con ambas manos a los barrotes de la banca verde, inquiriendo con los ojos grises: recuerdo que nunca me preguntó qué cosa leía, como si pudiese adivinar en mis ojos las imágenes nacidas de las páginas. Amilamia riendo con placer cuando yo la levantaba del talle y la hacía girar sobre mi cabeza y ella parecía descubrir otra perspectiva del mundo en ese vuelo lento. Amilamia dándome la espalda y despidiéndose con el brazo en alto y los dedos alborotados. Y Amilamia en las mil posturas que adoptaba alrededor de mi banca: colgada de cabeza, con las piernas al aire y los calzones abombados; sentada sobre la grava, con las piernas cruzadas y la barbilla apoyada en el mentón; recostada sobre el pasto, exhibiendo el ombligo al sol; tejiendo ramas de los árboles, dibujando animales en el lodo con una vara, lamiendo los barrotes de la banca, escondida bajo el asiento, quebrando sin hablar las cortezas sueltas de los troncos añosos, mirando fijamente el horizonte más allá de la colina, canturreando con los ojos cerrados, imitando las voces de pájaros, perros, gatos, gallinas, caballos. Todo para mí, y sin embargo, nada. Era su manera de estar conmigo, todo esto que recuerdo, pero también su manera de estar a solas en el parque. Sí; quizá la recuerdo fragmentariamente porque mi lectura alternaba con la contemplación de la niña mofletuda, de cabello liso y cambiante con los reflejos de la luz: ora pajizo, ora de un castaño quemado. Y sólo hoy pienso que Amilamia, en ese momento, establecía el otro punto de apoyo para mi vida, el que creaba la tensión entre mi propia infancia irresuelta y el mundo abierto, la tierra prometida que empezaba a ser mía en la lectura.

Entonces no. Entonces soñaba con las mujeres de mis libros, con las hembras —la palabra me trastornaba— que asumían el disfraz de la Reina para comprar el collar en secreto, con las invenciones mitológicas —mitad seres reconocibles, mitad salamandras de pechos blancos y vientres húmedos— que esperaban a los monarcas en sus lechos. Y así, imperceptiblemente, pasé de la indiferencia hacia mi compañía infantil a una aceptación de la gracia y gravedad de la niña, y de allí a un rechazo impensado de esa presencia inútil. Acabó por irritarme, a mí que ya tenía 14 años, esa niña de siete que no era, aún, la memoria y su nostalgia, sino el pasado y su actualidad. Me había dejado arrastrar por una flaqueza. Juntos habíamos corrido, tomados de la mano, por el prado. Juntos habíamos sacudido los pinos y recogido las piñas que Amilamia guardaba con celo en la bolsa del delantal. Juntos habíamos fabricado barcos de papel para seguirlos, alborozados, al borde de la acequia. Y esa tarde, cuando juntos rodamos por la colina, en medio de gritos de alegría, y al pie de ella caímos juntos, Amilamia sobre mi pecho, yo con el cabello de la niña en mis labios, y sentí su jadeo en mi oreja y sus bracitos pegajosos de dulce alrededor de mi cuello, le retiré con enojo los brazos y la dejé caer. Amilamia lloró, acariciándose la rodilla y el codo heridos, y yo regresé a mi banca. Luego Amilamia se fue y al día siguiente regresó, me entregó el papel sin decir palabra y se perdió, canturreando, en el bosque. Dudé entre rasgar la tarjeta o guardarla en las páginas del libro. *Las tardes de la granja*. Hasta mis lecturas se estaban infantilizando al lado de Amilamia. Ella no regresó al parque. Yo, a los pocos días, salí de vacaciones y después regresé a los deberes del primer año de bachillerato. Nunca la volví a ver.

II

Y ahora, casi rechazando la imagen que es desacostumbrada sin ser fantástica y por ser real es más dolorosa, regreso a ese parque olvidado y, detenido ante la alameda de pinos y eucaliptos, me doy cuenta de la pequeñez del recinto boscoso, que mi recuerdo se ha empeñado en dibujar con una amplitud que pudiera dar cabida al oleaje de la imaginación. Pues aquí habían nacido, hablado y muerto Strogoff y Huckleberry, Milady de Winter y Genoveva de Brabante: en un pequeño jardín rodeado de rejas mohosas, plantado de escasos árboles viejos y descuidados, adornado apenas con una banca de cemento que imita la madera y que me obliga a pensar que mi hermosa banca de hierro forjado, pintada de verde, nunca existió o era parte de mi ordenado delirio retrospectivo. Y la colina… ¿Cómo pude creer que era eso, el promontorio que Amilamia bajaba y subía durante sus diarios paseos, la ladera empinada por donde rodábamos juntos? Apenas una elevación de zacate pardo sin más relieve que el que mi memoria se empeñaba en darle.

Me buscas aquí como te lo divujo. Entonces habría que cruzar el jardín, dejar atrás el bosque, descender en tres zancadas la elevación, atravesar ese breve campo de avellanos —era aquí, seguramente, donde la niña recogía los pétalos blancos—, abrir la reja rechinante del parque y súbitamente recordar, saber, encontrarse en la calle, darse cuenta de que todas aquellas tardes de la adolescencia, como por milagro, habían logrado suspender los latidos de la ciudad circundante, anular esa marea de pitazos, campanadas, voces, llantos, motores, radios, imprecaciones: ¿cuál era el verdadero imán: el jardín silencioso o la ciudad febril? Espero el cambio de luces y paso a la otra acera sin dejar de mirar el iris rojo que detiene el tránsito. Consulto el papelito de Amilamia. Al fin y al cabo, ese plano rudimentario es el verdadero imán del momento que vivo, y sólo pensarlo me sobresalta. Mi vida, después de las tardes perdidas de los 14 años, se vio obligada a tomar los cauces de la disciplina y ahora, a los 29, debidamente diplomado, dueño de un despacho, asegurado de un ingreso módico, soltero aún, sin familia que mantener, ligeramente aburrido de acostarme con secretarias, apenas excitado por alguna salida eventual al campo o a la playa, carecía de una atracción central como las que antes me ofrecieron mis libros, mi parque y Amilamia. Recorro la calle de este suburbio chato y gris. Las casas de un piso se suceden monótonamente, con sus largas ventanas enrejadas y sus portones de pintura descascarada. Apenas el rumor de ciertos oficios rompe la uniformidad del conjunto. El chirreo de un afilador aquí, el martilleo de un zapatero allá. En las cerradas laterales, juegan los niños del barrio. La música de un organillo llega a mis oídos, mezclada con las voces de las rondas. Me detengo un instante a verlos, con la sensación, también fugaz, de que entre esos grupos de niños estaría Amilamia, mostrando impúdicamente sus calzones floreados, colgada de las piernas desde un balcón, afecta siempre a sus extravagancias acrobáticas, con la bolsa del delantal llena de pétalos blancos. Sonrío y por vez primera quiero imaginar a la señorita de 22 años que, si aún vive en la dirección apuntada, se reirá de mis recuerdos o acaso habrá olvidado las tardes pasadas en el jardín.

La casa es idéntica a las demás. El portón, dos ventanas enrejadas, con los batientes cerrados. Un solo piso, coronado por un falso barandal neoclásico que debe ocultar los menesteres de la azotea: la ropa tendida, los tinacos de agua, el cuarto de criados, el corral. Antes de tocar el timbre, quiero desprenderme de cualquier ilusión. Amilamia ya no vive aquí. ¿Por qué iba a permanecer 15 años en la misma casa? Además, pese a su independencia y soledad prematuras, parecía una niña bien educada, bien arreglada, y este barrio ya no es elegante; los padres de Amilamia, sin duda, se han mudado. Pero quizá los nuevos inquilinos saben a dónde.

Aprieto el timbre y espero. Vuelvo a tocar. Ésa es otra contingencia: que nadie esté en casa. Y yo, ¿sentiré otra vez la necesidad de buscar a mi amiguita? No, porque ya no será posible abrir un libro de la adolescencia y encontrar, al azar, la tarjeta de Amilamia. Regresaría a la rutina, olvidaría el momento que sólo importaba por su sorpresa fugaz.

Vuelvo a tocar. Acerco la oreja al portón y me siento sorprendido: una respiración ronca y entrecortada se deja escuchar del otro lado; el soplido trabajoso, acompañado por un olor desagradable a tabaco rancio, se filtra por los tablones resquebrajados del zaguán:

—Buenas tardes. ¿Podría decirme…?

Al escuchar mi voz, la persona se retira con pasos pesados e inseguros. Aprieto de nuevo el timbre, esta vez gritando:

—¡Oiga! ¡Ábrame! ¿Qué le pasa? ¿No me oye?

No obtengo respuesta. Continúo tocando el timbre, sin resultados. Me retiro del portón, sin alejar la mirada de las mínimas rendijas, como si la distancia pudiese darme perspectiva e incluso penetración. Con toda la atención fija en esa puerta condenada, atravieso la calle caminando hacia atrás; un grito agudo me salva a tiempo, seguido de un pitazo prolongado y feroz, mientras yo, aturdido, busco a la persona cuya voz acaba de salvarme, sólo veo el automóvil que se aleja por la calle y me abrazo a un poste de luz, a un asidero que, más que seguridad, me ofrece un punto de apoyo para el paso súbito de la sangre helada a la piel ardiente, sudorosa. Miro hacia la casa que fue, era, debía ser la de Amilamia. Allá, detrás de la balaustrada, como lo sabía, se agita la ropa tendida. No sé qué es lo demás: camisones, pijamas, blusas, no sé; yo veo ese pequeño delantal de cuadros azules, tieso, prendido con pinzas al largo cordel que se mece entre una barra de fierro y un clavo del muro blanco de la azotea.

III

En el Registro de la Propiedad me han dicho que ese terreno está a nombre de un señor R. Valdivia, que alquila
la casa. ¿A quién? Eso no lo saben. ¿Quién es Valdivia?
Ha declarado ser comerciante. ¿Dónde vive? ¿Quién es
usted?, me ha preguntado la señorita con una curiosidad
altanera. No he sabido presentarme calmado y seguro.
El sueño no me alivió de la fatiga nerviosa. Valdivia. Salgo del Registro y el sol me ofende. Asocio la repugnancia
que me provoca el sol brumoso y tamizado por las nubes
bajas —y por ello más intenso— con el deseo de regresar
al parque sombreado y húmedo. No, no es más que el
deseo de saber si Amilamia vive en esa casa y por qué se
me niega la entrada. Pero lo que debo rechazar, cuanto
antes, es la idea absurda que no me permitió cerrar los
ojos durante la noche. Haber visto el delantal secándose
en la azotea, el mismo en cuya bolsa guardaba las flores,
y creer por ello que en esa casa vivía una niña de siete
años que yo había conocido hace 14 o 15 antes... Tendría
una hijita. Amilamia, a los 22 años, era madre de una niña que quizá se vestía igual, se parecía a ella, repetía los
mismos juegos, ¿quién sabe?, iba al mismo parque. Y ca-
vilando llego de nuevo hasta el portón de la casa. Toco el
timbre y espero el resuello agudo del otro lado de la
puerta. Me he equivocado. Abre la puerta una mujer que
no tendrá más de 50 años. Pero envuelta en un chal, vestida de negro y con zapatos de tacón bajo, sin maquillaje,
con el pelo estirado hasta la nuca, entrecano, parece haber abandonado toda ilusión o pretexto de juventud y me
observa con ojos casi crueles de tan indiferentes.

—¿Deseaba?

—Me envía el señor Valdivia. —Toso y me paso la mano por el pelo. Debí recoger mi cartapacio en la oficina. Me doy cuenta de que sin él no interpretaré bien mi papel.

—¿Valdivia? —La mujer me interroga sin alarma; sin interés.

—Sí. El dueño de la casa.

Una cosa es clara: la mujer no delatará nada en el rostro. Me mira impávida.

—Ah sí. El dueño de la casa.

—¿Me permite?…

Creo que en las malas comedias el agente viajero adelanta un pie para impedir que le cierren la puerta en las narices. Yo lo hago, pero la señora se aparta y con un gesto de la mano me invita a pasar a lo que debió ser una cochera. Al lado hay una puerta de cristal y madera despintada. Camino hacia ella, sobre los azulejos amarillos del patio de entrada, y vuelvo a preguntar, dando la cara a la señora que me sigue con paso menudo: —¿Por aquí?

La señora asiente y por primera vez observo que entre sus manos blancas lleva una camándula con la que juguetea sin cesar. No he vuelto a ver esos viejos rosarios desde mi infancia y quiero comentarlo, pero la manera brusca y decidida con que la señora abre la puerta me impide la conversación gratuita. Entramos a un aposento largo y estrecho. La señora se apresura a abrir los batientes, pero la estancia sigue ensombrecida por cuatro plantas perennes que crecen en los macetones de porcelana y vidrio incrustado. Sólo hay en la sala un viejo sofá de alto respaldo enrejado de bejuco y una mecedora. Pero no son los escasos muebles o las plantas lo que llama mi atención. La señora me invita a tomar asiento en el sofá antes de que ella lo haga en la mecedora.

A mi lado, sobre el bejuco, hay una revista abierta.

—El señor Valdivia se excusa de no haber venido personalmente.

La señora se mece sin pestañear. Miro de reojo esa revista de cartones cómicos.

—La manda saludar y…

Me detengo, esperando una reacción de la mujer. Ella continúa meciéndose. La revista está garabateada con un lápiz rojo.

—…y me pide informarle que piensa molestarla durante unos cuantos días…

Mis ojos buscan rápidamente.

—…Debe hacerse un nuevo avalúo de la casa para el catastro. Parece que no se hace desde… ¿Ustedes llevan viviendo aquí…?

Sí; ese lápiz labial romo está tirado debajo del asiento. Y si la señora sonríe lo hace con las manos lentas que acarician la camándula: allí siento, por un instante, una burla veloz que no alcanza a turbar sus facciones. Tampoco esta vez me contesta.

—…¿por lo menos 15 años, no es cierto…?

No afirma. No niega. Y en sus labios pálidos y delgados no hay la menor señal de pintura…

—…¿usted, su marido y…?

Me mira fijamente, sin variar la expresión, casi retándome a que continúe. Permanecemos un instante en silencio, ella jugueteando con el rosario, yo inclinado hacia adelante, con las manos sobre las rodillas. Me levanto.

—Entonces, regresaré esta misma tarde con mis papeles…

La señora asiente mientras, en silencio, recoge el lápiz labial, toma la revista de caricaturas y los esconde entre los pliegues del chal.

IV

La escena no ha cambiado. Esta tarde, mientras yo apunto cifras imaginarias en un cuaderno y finjo interés en establecer la calidad de las tablas opacas del piso y la extensión de la estancia, la señora se mece y roza con las yemas de los dedos los tres dieces del rosario. Suspiro al terminar el supuesto inventario de la sala y le pido que pasemos a otros lugares de la casa. La señora se incorpora, apoyando los brazos largos y negros sobre el asiento de la mecedora y ajustándose el chal a las espaldas estrechas y huesudas.

Abre la puerta de vidrio opaco y entramos a un comedor apenas más amueblado. Pero la mesa con patas de tubo, acompañada de cuatro sillas de níquel y hulespuma, ni siquiera poseen el barrunto de distinción de los muebles de la sala. La otra ventana enrejada, con los batientes cerrados, debe iluminar en ciertos momentos este comedor de paredes desnudas, sin cómodas ni repisas. Sobre la mesa sólo hay un frutero de plástico con un racimo de uvas negras, dos melocotones y una corona zumbante de moscas. La señora, con los brazos cruzados y el rostro inexpresivo, se detiene detrás de mí. Me atrevo a romper el orden: es evidente que las estancias comunes de la casa nada me dirán sobre lo que deseo saber.

—¿No podríamos subir a la azotea? —pregunto—. Creo que es la mejor manera de cubrir la superficie total.

La señora me mira con un destello fino y contrastado, quizá, con la penumbra del comedor.

—¿Para qué? —dice, por fin—. La extensión la sabe bien el señor… Valdivia…

Y esas pausas, una antes y otra después del nombre del propietario, son los primeros indicios de que algo, al cabo, turba a la señora y la obliga, en defensa, a recurrir a cierta ironía.

—No sé —hago un esfuerzo por sonreír—. Quizá prefiero ir de arriba hacia abajo y no... —mi falsa sonrisa se va derritiendo—... de abajo hacia arriba.

—Usted seguirá mis indicaciones —dice la señora con los brazos cruzados sobre el regazo y la cruz de plata sobre el vientre oscuro.

Antes de sonreír débilmente, me obligo a pensar que en la penumbra mis gestos son inútiles, ni siquiera simbólicos. Abro con un crujido de la pasta el cuaderno y sigo anotando con la mayor velocidad posible, sin apartar la mirada, los números y apreciaciones de esta tarea cuya ficción —me lo dice el ligero rubor de las mejillas, la definida sequedad de la lengua— no engaña a nadie. Y al llenar la página cuadriculada de signos absurdos, de raíces cuadradas y fórmulas algebraicas, me pregunto qué cosa me impide ir al grano, preguntar por Amilamia y salir de aquí con una respuesta satisfactoria. Nada. Y sin embargo, tengo la certeza de que por ese camino, si bien obtendría una respuesta, no sabría la verdad. Mi delgada y silenciosa acompañante tiene una silueta que en la calle no me detendría a contemplar, pero que en esta casa de mobiliario ramplón y habitantes ausentes, deja de ser un rostro anónimo de la ciudad para convertirse en un lugar común del misterio. Tal es la paradoja, y si las memorias de Amilamia han despertado otra vez mi apetito de imaginación, seguiré las reglas del juego, agotaré las apariencias y no reposaré hasta encontrar la respuesta —quizá simple y clara, inmediata y evidente— a través de los inesperados velos que la señora del rosario tiende en mi camino. ¿Le otorgo a mi anfitriona renuente una extrañeza gratuita? Si es así, sólo gozaré más en los laberintos de mi invención. Y las moscas zumban alrededor del frutero, pero se posan sobre ese punto herido del melocotón, ese trozo mordisqueado —me acerco con el pretexto de mis notas— por unos dientecillos que han dejado su huella en la piel aterciopelada y la carne ocre de la fruta. No miro hacia donde está la señora. Finjo que sigo anotando. La fruta parece mordida pero no tocada. Me agacho para verla mejor, apoyo las manos sobre la mesa, adelanto los labios como si quisiera repetir el acto de morder sin tocar. Bajo los ojos y veo otra huella cerca de mis pies: la de dos llantas que me parecen de bicicleta, dos tiras de goma impresas sobre el piso de madera despintada que llegan hasta el filo de la mesa y luego se retiran, cada vez más débiles, a lo largo del piso, hacia donde está la señora…

Cierro mi libro de notas.

—Continuemos, señora.

Al darle la cara, la encuentro de pie con las manos sobre el respaldo de una silla. Delante de ella, sentado, tose el humo de su cigarrillo negro un hombre de espaldas cargadas y mirar invisible: los ojos están escondidos por esos párpados arrugados, hinchados, gruesos y colgantes, similares a un cuello de tortuga vieja, que no obstante parecen seguir mis movimientos. Las mejillas mal afeitadas, hendidas por mil surcos grises, cuelgan de los pómulos salientes y las manos verdosas están escondidas entre las axilas: viste una camisa burda, azul, y su pelo revuelto semeja, por lo rizado, un fondo de barco cubierto de caramujos. No se mueve y el signo real de su existencia es ese jadeo difícil (como si la respiración debiera vencer los obstáculos de una y otra compuerta de flema, irritación, desgaste) que ya había escuchado entre los resquicios del zaguán.

Ridículamente, murmuro: —Buenas tardes... —y me dispongo a olvidarlo todo: el misterio, Amilamia, el avalúo, las pistas. La aparición de este lobo asmático justifica una pronta huida. Repito "Buenas tardes", ahora en son de despedida. La máscara de la tortuga se desbarata en una sonrisa atroz: cada poro de esa carne parece fabricado de goma quebradiza, de hule pintado y podrido. El brazo se alarga y me detiene.

—Valdivia murió hace cuatro años —dice el hombre con esa voz sofocada, lejana, situada en las entrañas y no en la laringe: una voz tipluda y débil.

Arrestado por esa garra fuerte, casi dolorosa, me digo que es inútil fingir. Los rostros de cera y caucho que me observan nada dicen y por eso puedo, a pesar de todo, fingir por última vez, inventar que me hablo a mí mismo cuando digo:

—Amilamia...

Sí: nadie habrá de fingir más. El puño que aprieta mi brazo afirma su fuerza sólo por un instante, en seguida afloja y al fin cae, débil y tembloroso, antes de levantarse y tomar la mano de cera que le tocaba el hombro: la señora, perpleja por primera vez, me mira con los ojos de un ave violada y llora con un gemido seco que no logra descomponer el azoro rígido de sus facciones. Los ogros de mi invención, súbitamente, son dos viejos solitarios, abandonados, heridos, que apenas pueden confortarse al unir sus manos con un estremecimiento que me llena de vergüenza. La fantasía me trajo hasta este comedor desnudo para violar la intimidad y el secreto de dos seres expulsados de la vida por algo que yo no tenía el derecho de compartir. Nunca me he despreciado tanto. Nunca me han faltado las palabras de manera tan burda. Cualquier gesto es vano: ¿voy a acercarme, voy a tocarlos, voy a acariciar la cabeza de la señora, voy a pedir excusas por mi intromisión? Me guardo el libro de notas en la bolsa del saco. Arrojo al olvido todas las pistas de mi historia policial: la revista de dibujos, el lápiz labial, la fruta mordida, las huellas de la bicicleta, el delantal de cuadros azules… Decido salir de esta casa sin decir nada. El viejo, detrás de los párpados gruesos, ha debido fijarse en mí. El resuello tipludo me dice:

—¿Usted la conoció?

Ese pasado tan natural, que ellos deben usar a diario, acaba por destruir mis ilusiones. Allí está la respuesta. Usted la conoció. ¿Cuántos años? ¿Cuántos años habrá vivido el mundo sin Amilamia, asesinada primero por mi olvido, resucitada, apenas ayer, por una triste memoria impotente? ¿Cuándo dejaron esos ojos grises y serios de asombrarse con el deleite de un jardín siempre solitario? ¿Cuándo esos labios de hacer pucheros o de adelgazarse en aquella seriedad ceremoniosa con la que, ahora me doy cuenta, Amilamia descubría y consagraba las cosas de una vida que, acaso, intuía fugaz?

—Sí, jugamos juntos en el parque. Hace mucho.

—¿Qué edad tenía ella? —dice, con la voz aún más apagada, el viejo.

—Tendría siete años. Sí, no más de siete.

La voz de la mujer se levanta, junto con los brazos que parecen implorar:

—¿Cómo era, señor? Díganos cómo era, por favor…

Cierro los ojos. —Amilamia también es mi recuerdo. Sólo podría compararla a las cosas que ella tocaba, traía y descubría en el parque. Sí. Ahora la veo, bajando por la loma. No, no es cierto que sea apenas una elevación de zacate. Era una colina de hierba y Amilamia había trazado un sendero con sus idas y venidas y me saludaba desde lo alto antes de bajar, acompañada por la música, sí, la música de mis ojos, las pinturas de mi olfato, los sabores de mi oído, los olores de mi tacto... mi alucinación... ¿me escuchan?... bajaba saludando, vestida de blanco, con un delantal de cuadros azules... el que ustedes tienen tendido en la azotea...

Toman mis brazos y no abro los ojos.

—¿Cómo era, señor?

—Tenía los ojos grises y el color del pelo le cambiaba con los reflejos del sol y la sombra de los árboles...

Me conducen suavemente, los dos; escucho el resuello del hombre, el golpe de la cruz del rosario contra el cuerpo de la mujer...

—Díganos, por favor...

—El aire la hacía llorar cuando corría; llegaba hasta mi banca con las mejillas plateadas por un llanto alegre...

No abro los ojos. Ahora subimos. Dos, cinco, ocho, nueve, 12 peldaños. Cuatro manos guían mi cuerpo.

—¿Cómo era, cómo era?

—Se sentaba bajo los eucaliptos y hacía trenzas con las ramas y fingía el llanto para que yo dejara mi lectura y me acercara a ella...

Los goznes rechinan. El olor lo mata todo: dispersa los demás sentidos, toma asiento como un mogol amarillo en el trono de mi alucinación, pesado como un cofre, insinuante como el crujir de una seda drapeada, ornamentado como un cetro turco, opaco como una veta honda y perdida, brillante como una estrella muerta. Las manos me sueltan. Más que el llanto, es el temblor de los viejos lo que me rodea. Abro lentamente los ojos: dejo que el mareo líquido de mi córnea primero, en seguida la red de mis pestañas, descubran el aposento sofocado por esa enorme batalla de perfumes, de vahos y escarchas de pétalos casi encarnados, tal es la presencia de las flores que aquí, sin duda, poseen una piel viviente: dulzura del jaramago, náusea del ásaro, tumba del nardo, templo de la gardenia: la pequeña recámara sin ventanas, iluminada por las uñas incandescentes de los pesados cirios chisporroteantes, introduce su rastro de cera y flores húmedas hasta el centro del plexo y sólo de allí, del sol de la vida, es posible revivir para contemplar, detrás de los cirios y entre las flores dispersas, el cúmulo de juguetes usados, los aros de colores y los globos arrugados, sin aire, viejas ciruelas transparentes; los caballos de madera con las crines destrozadas, los patines del diablo, las muñecas despelucadas y ciegas, los osos vaciados de serrín, los patos de hule perforado, los perros devorados por la polilla, las cuerdas de saltar roídas, los jarrones de vidrio repletos de dulces secos, los zapatitos gastados, el triciclo —¿tres ruedas?; no; dos; y no de bicicleta; dos ruedas paralelas, abajo—, los zapatitos de cuero y estambre; y al frente, al alcance de mi mano, el pequeño féretro levantado sobre cajones azules decorados con flores de papel, esta vez flores de la vida, claveles y girasoles, amapolas y tulipanes, pero como aquéllas, las de la muerte, parte de un asativo que cocía todos los elementos de este invernadero funeral en el que reposa, dentro del féretro plateado y entre las sábanas de seda negra y junto al acolchado de raso blanco, ese rostro inmóvil y sereno, enmarcado por una cofia de encaje, dibujado con tintes de color de rosa: cejas que el más leve pincel trazó, párpados cerrados, pestañas reales, gruesas, que arrojan una sombra tenue sobre las mejillas tan saludables como en los días del parque. Labios serios, rojos, casi en el puchero de Amilamia cuando fingía un enojo para que yo me acercara a jugar. Manos unidas sobre el pecho. Una camándula, idéntica a la de la madre, estrangulando ese cuello de pasta. Mortaja blanca y pequeña del cuerpo impúber, limpio, dócil.

Los viejos se han hincado, sollozando.

Yo alargo la mano y rozo con los dedos el rostro de porcelana de mi amiga. Siento el frío de esas facciones dibujadas, de la muñeca-reina que preside los fastos de esta cámara real de la muerte. Porcelana, pasta y algodón. *Amilamia no olbida a su amigito y me buscas aquí como te lo divujo.*

Aparto los dedos del falso cadáver. Mis huellas digitales quedan sobre la tez de la muñeca.

Y la náusea se insinúa en mi estómago, depósito del humo de los cirios y la peste del ásaro en el cuarto encerrado. Doy la espalda al túmulo de Amilamia. La mano de la señora toca mi brazo. Sus ojos desorbitados no hacen temblar la voz apagada:

—No vuelva, señor. Si de veras la quiso, no vuelva más.

Toco la mano de la madre de Amilamia, veo con los ojos mareados la cabeza del viejo, hundida entre sus rodillas, y salgo del aposento a la escalera, a la sala, al patio, a la calle.

V

Si no un año, sí han pasado nueve o 10 meses. La memoria de aquella idolatría ha dejado de espantarme. He perdido el olor de las flores y la imagen de la muñeca helada. La verdadera Amilamia ya regresó a mi recuerdo y me he sentido, si no contento, sano otra vez: el parque, la niña viva, mis horas de lectura adolescente, han vencido a los espectros de un culto enfermo. La imagen de la vida es más poderosa que la otra. Me digo que viviré para siempre con mi verdadera Amilamia, vencedora de la caricatura de la muerte. Y un día me atrevo a repasar aquel cuaderno de hojas cuadriculadas donde apunté los datos falsos del avalúo. Y de sus páginas, otra vez, cae la tarjeta de Amilamia con su terrible caligrafía infantil y su plano para ir del parque a la casa. Sonrío al recogerla. Muerdo uno de los bordes, pensando que los pobres viejos, a pesar de todo, aceptarían este regalo.

Me pongo el saco y me anudo la corbata, chiflando. ¿Por qué no visitarlos y ofrecerles ese papel con la letra de la niña?

Me acerco corriendo a la casa de un piso. La lluvia comienza a caer en gotones aislados que hacen surgir de la tierra, con una inmediatez mágica, ese olor de bendición mojada que parece remover los humus y precipitar las fermentaciones de todo lo que existe con una raíz en el polvo.

Toco el timbre. El aguacero arrecia e insisto. Una voz chillona grita: ¡Voy!, y espero que la figura de la madre, con su eterno rosario, me reciba. Me levanto las solapas del saco. También mi ropa, mi cuerpo, transforman su olor al contacto con la lluvia. La puerta se abre.

—¿Qué quiere usted? ¡Qué bueno que vino!

Sobre la silla de ruedas, esa muchacha contrahecha detiene una mano sobre la perilla y me sonríe con una mueca inasible. La joroba del pecho convierte el vestido en una cortina del cuerpo: un trapo blanco al que, sin embargo, da un aire de coquetería el delantal de cuadros azules. La pequeña mujer extrae de la bolsa del delantal una cajetilla de cigarros y enciende uno con rapidez, manchando el cabo con los labios pintados de color naranja. El humo le hace guiñar los hermosos ojos grises. Se arregla el pelo cobrizo, apajado, peinado a la permanente, sin dejar de mirarme con un aire inquisitivo y desolado, pero también anhelante, ahora miedoso.

—No, Carlos. Vete. No vuelvas más.

Y desde la casa escucho, al mismo tiempo, el resuello tipludo del viejo, cada vez más cerca:

—¿Dónde estás? ¿No sabes que no debes contestar las llamadas? ¡Regresa! ¡Engendro del demonio! ¿Quieres que te azote otra vez?

Y el agua de la lluvia me escurre por la frente, por las mejillas, por la boca, y las pequeñas manos asustadas dejan caer sobre las losas húmedas la revista de historietas.

Fortuna lo que ha querido

A Gabriel García Márquez

Alejandro siempre había vivido en hoteles. Desde que llegó de Coahuila a los 22 años, pensó que mantener un estudio aislado y luminoso y un cuarto de hotel modesto y en penumbra era la manera de conciliar el trabajo con la vida privada; en el primero recibiría a los amigos, críticos y otros pintores y en el segundo a las amigas, sin peligros de corto-circuito: muy pronto descubrió que éstas, a menudo, eran las esposas o novias de aquéllos. Alejandro no era más vanidoso que el común de los mortales y a veces se preguntó ante el espejo —exagerando las muecas de un rostro móvil, que muchos encontraban parecido al del joven Peter Lorre— por qué tenía ese éxito con las mujeres.

—Los monstruos se han puesto de moda —le dijo, riendo, el joven crítico Rojas—. Karloff, Lugosi y tu sosias Lorre poseen una fascinación retrospectiva. Se les recuerda nostálgicamente como parte de una época en la que el mal necesitaba expresarse en símbolos extremos: vampiros, momias y sátiros de Dusseldorf. Hoy, cualquier adolescente enemigo de la peluquería posee más maldad interna que la que intentaban representar las mil máscaras de Lon Chaney. Además, las mujeres están perfectamente dispuestas a que un Drácula de la clase media les chupe la sangre al sonar la medianoche, de manera que la amenaza suprema del monstruo —violar la inocencia— es recibida con alegre aceptación.

Alejandro no sonrió. Continuó pintando sin mirar a Rojas. La tesis sólo era cronométricamente inexacta: la mujer de Rojas, Libertad, nunca visitó a Alejandro en el cuarto de hotel después de las siete de la tarde. El artista trazó un pincelazo de siena quemado y recordó que la joven señora era una maniática del oxígeno. El único producto de aquel amor limitado a dos meses llenos de corrientes de aire fue una pulmonía severa. Alejandro suspiró y se retiró del caballete, dando la espalda a la luz que, a las 11 de la mañana, reivindicaba una transparencia ya más literaria que actual en el manto espeso e industrializado del valle de México. Acá arriba, en el Olivar de los Padres, la mañana lograba rescatar algunas horas límpidas al vaho ascendente de la ciudad, a las puntuales tolvaneras del mes de marzo, venganza de un lago seco y profanado. Y en los ojos del autorretrato descubrió la mirada cómicamente fría e intensa del monstruo con cabeza de huevo que, después de ver *Las manos de Orlac*, llenó de deliciosas pesadillas su niñez.

—¡Mira lo que me has hecho hacer con tu conversación! —gritó el pintor. Rojas alargó los brazos para pedirle que no tocara nada: era la súplica de un crítico que por vez primera lograba influir directamente sobre una pincelada y, de paso, el tema asegurado para la exégesis del nuevo autorretrato de Alejandro Sevilla, el prodigio, el renovador, el verdugo del muralismo ilustrativo y romántico, el primer artista mexicano que encontraba de nuevo la raíz helada y bárbara de la escultura indígena.

—¿Recuerdas tus primeras cosas? —sonrió Rojas—. Un Siqueiros de segunda, nos dijimos todos. Siempre lo he dicho: Sevilla vio a la Coatlicue y comprendió que la originalidad de México, el margen mínimo pero absoluto de nuestras vidas, es lo que no ha sido tocado por el Occidente. ¿Recuerdas ese artículo?

Alejandro apenas asintió, cerró los ojos y rozó la tela con los dedos. Embarró una gota de azul Prusia en el índice y lo frotó ligerísimamente sobre los ojos del cuadro: sus propios ojos lo observaron y poco a poco le sonrieron con el recuerdo de una y otra mujer oscura como la piedra de las iglesias, pálida como el aura de las montañas: esos cuerpos mexicanos en los que las selvas de color se posan y saltan y son felinos capturados en una carne fantasmal.

Frotó el espectro de sus ojos: —Está bien, ya no te llamaré Lola. —Pero no lo digas así. No soy Lola. Piensa que nunca tuve identidad. Yo nunca te he dicho "Alejandro", ¿verdad? Tú eres mi placer y yo el tuyo. Llámame Fuerza y yo fuerza a ti. —Okey, Fuerza.

La crueldad cómica empezó a fundirse en la sombra real de la carne: —¿No vas a hablar, Lupe? Por eso me gustas. Sabes para lo que sirves. ¿Te das cuenta que nunca has pronunciado una sola palabra desde que te conocí y te invité al cuarto y me seguiste sin decir nada? ¡Qué idioteces dirías, Lupe, que tu inteligencia te vuelve muda! Así, así, cuero divino, pedazo de piel nerviosa, ¡qué ojos más brillantes tienes!, diosa de piedra blanda, shhh, ideal, nunca me distraigas, nunca me estorbes…

El brillo lejano y sonriente de los ojos se reunió al fin con un mal oculto que la falsa crueldad exterior impedía ver: —Creí que eras reteinocente. Todos dicen que eres medio boba. —Claro que soy inocente, Alejandro. ¿Hay algo más corrupto que la inocencia?

—Ven. Déjame ver si algo puede descomponer esa máscara prieta. ¿Dónde aprendiste tantas cosas, Adela?

—Espiaba a mi mamá. Ella se divertía más. Todo era pecado entonces. —Viva la pedagogía. —Es el reverso del método Montessori, mi amor.

Sin advertirlo, se rascó la mejilla.

—Siempre acabas como el Gran Jefe Pies Morados —rió el crítico y recorrió la figura del pintor, como si intentara memorizar las botas mineras, el pantalón de pana negra, la camisa azul de mezclilla, la cabeza de cortos rizos rubios, los ojos adormilados y saltones, la nariz corta y aguileña, los labios llenos y torcidos: el rostro de malicioso asombro.

Ahora vive en el Olivar de los Padres, cerca de un cementerio empinado, en una casa que se hizo construir con engañosa sencillez. Los muros encalados y el piso único esconden una serie de zócalos moriscos y de interiores en los que la madera oscura y la abundancia de huacos quechuas, figurillas olmecas y Judas de cartón logran filtrar la violenta luz del exterior enjalbegado y reducirla a una exactitud porosa.

Abandonó el hotel con la exhibición del año 63. Alejandro siempre ha sufrido desplomes afiebrados después de presentar una nueva colección de cuadros, pero ahora el temor de repetirse, el rumor de una creatividad menguante y el esfuerzo por superar ambos, convirtieron al artista en una gelatina escondida bajo un enorme abrigo con cuello y solapas de piel de borrego. Tembloroso, salió de la galería sin decir palabra: esas pinturas pálidas de seres en los cuales el choque entre el orden exterior y el desorden interno se invertía para afirmar el orden de la angustia frente al desorden de la realidad, dijeron lo suyo y Alejandro, cerca del desmayo, corrió a encerrarse en el cuarto de hotel que ocupaba en las calles de Luis Moya.

Se desvistió, se fregó alcohol en el pecho, las piernas y la frente y apartó las sábanas. Acurrucada en la cama estaba esa mujer vestida, pequeña y argentina por partida doble: nacionalidad y cabellera. Alejandro dice que gritó de angustia; la mujer dice que se presentó —Dulce Cúneo— arguyendo un viaje en automóvil desde la Patagonia para conocer a su héroe y, lejos de exigirle algo, entregarle todo. Una visión de fatiga mortal sacudió la mente del pintor; por sus ojos afiebrados pasaron las imágenes del Comienzo, mayúsculo y de concreción metafísica: del Eterno Inicio no requerido, como de costumbre, pero esta vez, también, inaceptable. Atarantado, vio a la pequeña argentina llevarse las dos manos a una cadera, como si pensara iniciar un paso de baile o un asalto bizetiano, si no algún deporte de su particular invención (y él recordó los murales de Creta, en los que las mujeres de pechos desnudos inauguran la acrobacia taurina) para desembocar en el anticlímax de bajar el zipper de la falda y dejarla caer al piso. La presencia de la mujer minúscula con las piernas desnudas, las ligas complicadas, el saquillo abotonado hasta el cuello y el rostro maquillado en una serie de arcos bucales y capilares, provocó la náusea del pintor; se arrojó sobre la cama, ocultó el rostro entre las almohadas y gimió: —Váyase, por favor, váyase. Me siento muy mal. No puedo ahora— mientras intentaba localizar un espejo interno en el que las mujeres fuesen siempre, si no la prolongación, al menos el reflejo externo, visible —objetivamente secreto— de las aristas ocultas de Alejandro Sevilla. En vano buscó la correspondencia entre el artista enamorado y la hembra minúscula, locuaz, tan obviamente emancipada, que lo acosaba con caricias, saltaba sobre la cama y explicaba que, a partir de Victoria Ocampo, no había intelectual argentina sometida a las viejas reglas feudales del mundo español: —Che, dejate asombrar un poco, ¿querés?

Alejandro lanzó un suspiro ronco y se dejó hacer.

Cuando despertó, Dulce, con una sábana enrollada al cuerpo, ya había ordenado un magro desayuno continental y mojaba un cuerno en la taza de café con leche. Alejandro, bañado en sudor, no quiso escuchar la catarata de noticias —Dulce había creído que sería difícil introducirse a la recámara; el botones le facilitó todo; ya se veía que las mujeres entraban y salían como el gaucho por sus pagos; nunca soñó que todo sería tan perfecto; él ni siquiera se movió; la dejó tomar las iniciativas: era tener la chancha y los veintes: hacer lo del hombre y sentir lo de la mujer; ella era feminista y moderna; fue la noche más feliz de su vida; el ambiente era cínico, espontáneo y civilizado; le hacía recordar las escenas de amor de *À bout de souffle*; ¿eso no lo habían pasado en México?; sí, Buenos Aires era más europea.

Alejandro cerró los ojos y Dulce le acomodó las almohadas bajo la nuca y los brazos. Esperó en silencio a que la mujer se retirara. A veces abrió el ojo izquierdo. A veces el derecho. La argentina estaba en el baño. Se vestiría. Se iría. Salió envuelta en la sábana y con el lápiz labial en la mano. Sonrió como un pequeño súcubo delirante: se había fabricado unas largas patillas enroscadas y pegadas con cinta celulosa a los carrillos amarillentos. Se subió a una silla y empezó a pintarrajear las paredes. Alejandro abrió los ojos y gritó: la mujercita escribía poemas en rojo, declaraciones de amor, endecasílabos porteños en los que "vos" (Alejandro Sevilla) rimaba con "atroz" (la agonía de Dulce) y "querés" (la interrogante innecesaria) con "vez" (la próxima, anunciada y fatal). Cayeron cuadros y espejos: el poema siguió su camino de pared en pared y Alejandro mascó varias aspirinas negando con la cabeza, sin querer aceptar el horroroso asombro, empapado en el sudor febril y tratando de imaginar un nuevo cuadro, una serie de cuadros a partir del resumen que, apenas anoche, había logrado concebir de su obra anterior. Vos, querés, vez, atroz. Rojas entró con los recortes de prensa. La enana le dijo "Chao, petiso" y siguió escribiendo en las paredes antes de concluir, agotada, y meterse a la cama con Alejandro.

—Llévensela, llévensela —logró murmurar el pintor.

Dulce jugueteaba con él bajo las sábanas; Rojas leía las críticas de la exposición; Alejandro emitió el chillido corto de una ardilla profanada.

Tres días después, Dulce Cúneo fue deportada por Gobernación y Alejandro, ojeroso y mudo, pagó los desperfectos, abandonó el hotel y compró el terreno del Olivar de los Padres.

Viajó a Europa y los Estados Unidos mientras le construían la casa. Su fe en el arquitecto Boyer le permitió dedicar ocho meses a lo que Flaubert llamó la plus grande débauche que, para Alejandro, se tra–du–jo en un primer plano insoportable de hoteles, comidas pesadas, cambios de moneda, aduanas, esperas en agencias de viaje, trasbordos de aviones a trenes y de trenes a taxis, propinas, conserjes, meseros, choferes; un segundo plano borroso de perfiles urbanos y calles rescatadas del olvido —los mods en Soho Square, vestidos al estilo de Oscar Wilde—; el crucero más animado de París —St. Germain, rue Bonaparte, rue de Seine— desde los altos de Chez Lippe; Bleeker Street la noche del sábado con su mascarada persecutoria de Genet actualizado —negros, judíos, gentiles, pieles rojas—: puritanos de una perpetua fundación en la roca de Plymouth de la imaginación exiliada; un tercer plano secreto, voluntariamente inconsciente de exposiciones apenas vistas entre pestañas tejidas, de dos o tres películas diarias —Palais de Chaillot, Academy Cinema, The New Yorker—; una parisiense que hablaba como personaje de Antonioni ("Sé que nunca te amaré. No podré amarte este año. El entrante, quizás. Entonces habré ido a Málaga. No es cierto. Salgamos a caminar. Si te aburres bastante, podré amarte en seguida"); una londinense que hablaba como personaje de D. H. Lawrence ("Traes el Sur entre los muslos, tienes El Dorado en los ojos y la sangre negra de un sol de sacrificios para fecundar mi bruma; tírate al tapete, Alec"); una neoyorquina que hablaba como personaje de Jack Richardson ("No llegaría a primera base si tú fueras mi padrote, Alex. Archívalo. Hagamos un esfuerzo por mantener nuestra reputación. Ooooops, por ahí ya no. No seas cuadrado"). Guinness is Good for You. Dubo Dubon Dubonnet. The Pause that Refreshes. Je Vous Ai Compris! Dont Let Labour Ruin It! Go with Goldwater!

Cerveza Superior, la Rubia de Categoría —México construye con Cementos Anáhuac —Democracia y Justicia Social: Alejandro guiñó detrás de los espejuelos negros mientras el taxi lo conducía del aeropuerto a lo largo de las avenidas anchas y solitarias de una madrugada de humo y tortilla quemada. Arrojó la maleta de lona al piso y giró sobre los talones en la nueva casa, ciega y blanca, del Olivar de los Padres.

Rojas se cruzó de brazos y observó con extrañeza la nueva paleta: rojos, negros, blancos, aluminios puros.

—¿Viste mucho cine?

Alejandro se rascó el cuello frente a la tela limpia.

—La grafía en movimiento, ¿me entiendes? No como la danza, que es el movimiento alegórico. No, no, no. Gracias al cine el movimiento real se vuelve arte:

abrir la puerta, caminar por la calle, menear una cuchara dentro de la taza. Eso es, Rojas. La naturaleza y el artificio son idénticos en el cine. Entonces no hace falta quebrarse la cabeza. El mundo exterior y el mundo de la obra de arte son iguales. No necesitas explicar socialmente el arte por la necesidad de entender algo ya que no entiendes el mundo de la obra de arte que contemplas. Se acabó. Basta de explicaciones: la obra es la realidad, no su símbolo, su expresión o su significado. Pero, ¿cómo, Rojas? Tengo que encontrarlo.

Adela lo buscó. —Ya sabes dónde encontrar las cosas, divina. En el refrigerador hay sándwiches de paté listos. Si quieres pon los discos que traje. El baño está al fondo. Las botellas detrás de una celosía en el estudio. Diviértete. Voy a dormir un rato.

Se mordió la uña y observó con disgusto el primer esbozo del cuadro. —Voy a terminarlo por disciplina, Rojas. ¿Sabes lo que pasa? Que estoy viendo. Llevamos seis siglos usando los ojos para pintar. Todo es óptica. ¿Te das cuenta qué limitación? Línea, color, modelado, perspectiva, sombra —o geometría, impresión, forma; todo es visual, como si no tuviéramos otros órganos. Estoy furioso conmigo, te lo juro. Me he tardado 11 años en descubrirlo. De Giotto a Mondrian, todos están jodidos: todos tratan de usar sus ojos, la pintura no es más que un Lazarillo. Ahí está, Edipo sólo entendió cuando se quedó ciego, ¿no es cierto? Con los ojos bien abiertos no se enteró de nada. Ahora tengo que reventarme los ojos para empezar a pintar de veras.

Lupe lo volvió a buscar. —Oye, Johnny Belinda, hazme el favor de venir a la cocina. Eso. ¿Qué haces en la mañana? Mira. Repítelo todo. ¿No me digas que cuando estás sola hablas o canturreas? Loado sea J.C.

Anda, haz como que preparas tu desayuno. Rebana las naranjas. Muy bien. Ahora te la pongo más difícil. Estrella los huevos. Así. Con violencia. Gran impresión. Padre. Pon a tostar el pan. Allí en la parrillita. Que quede bien cuadriculado. ¡Abre el cartón de cereales, Lupe! Detente. Así. Muda, muda, muda.

El cuadro se llenó de luces nocturnas: una selva de anuncios sobre los edificios oscuros. —Ya sé que no sirve, no me mires así. Espera. Primero hay que esconder lo que al fin desnudaremos. ¿Cuánto tardaron en darse cuenta que los conos y esferas de Cézanne eran peras y manzanas? ¿Cuánto tardaron en darse cuenta que los puntos de Seurat eran una playa y las luces de Monet una estación de ferrocarril? Ya sé que no basta pintar una fábrica para dar la idea de la dinámica industrial. Ya sé que no basta este paisaje nocturno con sus anuncios de jabón y cerveza; espera, Rojas, por favor espera. Tengo que darlo primero así para después quitarle todos esos prestigios falsos: el recuerdo, el tiempo, la anunciación. Tengo que matar todo eso. Me niego desde ahora a decir que hay progreso en la pintura, aunque tu buen gusto lo llame "promesa", o tradición, que tú llamarías "memoria", o el tiempo entre los dos para hacer objetivo un cuadro. Me niego. Espera.

Lola volvió a buscarlo. —Cállate la boca. Si vuelves a decir que no sabemos nuestros nombres, te juro que te rompo la cara. Híncate. Bésame las manos. Miserable juguetito de hulespuma. ¿Crees que te dejo entrar a mi casa para que sueltes ideas idiotas? Levanta la cara. Mírame. ¿Qué quieres? ¿Que haga pintura con mi biografía, o con mi autobiografía, que es peor? ¿Crees que te vas a dar el lujo de ser mi inspiración o mi estado de ánimo? ¿O de distraer mi concentración? Ándale. Sólo sirves para protegerme de la locura o el suicidio. Me acuesto contigo para no castrarme o llegar temblando con el psiquiatra. Me acuesto contigo y con Lupe y con Adela para agotar en ustedes mi biografía e impedir que llegue a jorobar mi pintura. Y para no tener que empezar otra vez. ¿Sabes lo que cuesta iniciar un amor, decir otra vez las mismas palabras y creer que los mismos actos son nuevos? ¿Andarse escondiendo de padres, hermanos y maridos? No creas que voy a jugar al Van Gogh con mi orejita. Arráncate esos trapos. Ándale. Protégeme del amor. Estás aquí porque no me creas problemas.

Se apartó del segundo lienzo con las manos sobre los labios y la mirada brillante. —¿Ahora te das cuenta, Rojas? Antes quise decir que entre nosotros era posible un arte sagrado. Todas mis figuras eran la representación del lado oscuro, de la mitad oculta y sacramental que seguía siendo una manera de nuestra totalidad. Ustedes tenían razón: era la Coatlicue en su reino actual, Tezcatlipoca en una cantina, Xipe Totec en un camión Penitenciaría-Panteones. No era verdad, Rojas, te lo juro. El arte sólo es sagrado cuando la naturaleza es peligrosa. Necesita un cielo y un infierno, una opción extrema fuera de la tierra. Muy bien. Entonces la tierra y el hombre tratan de sacralizarse a sí mismos en el tiempo. Muy bien. Voy más allá. Ni la tierra ni el hombre son ya sagrados. Esto es lo sagrado. Esta profanación final. Esto que les ofrezco. No los buenos sentimientos, ni la figura humana, ni la materia liberada, ni la luz ni el puro rombo. No. Aquí está lo único sagrado: la negación de lo sagrado. Lo que *ellos* usan.

Alejandro extendió los dedos hacia el cuadro terminado. La reproducción perfecta de un tarro de café en polvo. Un pomo de vidrio con una tapa y una etiqueta roja y las letras NESTLÉ CAFÉ INSTANTÁNEO SIN CAFEÍNA, HECHO EN OCOTLÁN, JAL. MARCA REG.

—Yo he hecho lo que he podido; Fortuna, lo que ha querido —sonrió Rojas.

Un cuadro era sólo un cuadro. Alejandro, al fin, se sintió a sus anchas en la casa del Olivar de los Padres. Caminó mucho por la ciudad, deteniéndose durante horas a observar los muros con la propaganda del partido oficial y la imagen de su candidato, los carteles de películas mexicanas, las mercancías expuestas en Minimax. Adquirió viejos ejemplares de historietas cómicas y románticas y claveteó las paredes del estudio con recortes que integraban la historia del comic-book mexicano, de don Catarino, Chupamirto y Mamerto a la familia Burrón y los fumetti de José G. Cruz, pasando por el Pepín, el Chamaco Chico y los Supersabios. Esperó con impaciencia los comerciales de la televisión que interrumpían sin consideración sus amadas películas de los treintas. Y Bogart, la Bacall, Errol Flynn, Joan Crawford, ¿no eran los modelos de consagración personal —gesto, vestido, metafísica—? Comenzó, inseguro, a pintar con las líneas simplísimas de un cartón cómico los rostros de Humphrey y Lauren en *The Big Sleep* y, antes de caer en el suyo, leyó, una tras otra, las novelas de Raymond Chandler. Y Adela, Lola y Lupe siguieron visitándolo puntuales, consuetudinarias, dóciles, parte de la familia, sobriamente ajenas al trabajo de Alejandro Sevilla, aunque sorprendidas por su lenta y reflexiva postura de observación —casi de fetichismo— frente a unos calcetines de tenis, una botella de agua gaseosa o la cubierta de un disco popular.

—Tienes que salir. ¿Te has visto al espejo? —Rojas lo tomó de los hombros y lo condujo al botellón amarillo de pulquería en el que Alejandro se reflejó, más que nunca, como un cóncavo sátiro que ofrecería dulces a las niñas.

En la penumbra del apartamento, el martillo de Trini López reinaba sobre las parejas severamente enfrentadas en el ejercicio del surf. Alejandro aceptó una cuba libre y luego se abrió paso entre las piernas rígidas y las caderas temblorosas y los brazos caprichosos y se recargó contra la pared del fondo del salón. Vio pasar a Rojas, arrastrado por su mujer: Libertad se abanicó el pecho con las manos y abrió las ventanas sobre la calle de Elba. Desde este séptimo piso la ciudad era el hemiciclo de un escenario en el que las máscaras del proscenio subrayaban la convencionalidad del telón de fondo —y también su propio, aceptado artificio—. Alejandro vio al dueño de casa en pleno deporte, vestido con un kimono de seda. Era Vargas, el joven director teatral, y los muros de la habitación recogían, fundiéndolas, las pastas faciales de la larga carrera de Lotte Lenya, desde la joven y ojerosa prostituta de *La ópera de tres centavos* hasta una reciente aparición, vieja, lésbica y provista de zapatos con dagas, al lado del Agente 007. El salón era santuario —y cripta— del mundo de Brecht y Weill: no sólo contaba con las fotos de las grandes producciones musicales del Berlín de entrambas guerras, sino con los detalles de mobiliario y decoración que, ayer apenas condenados al limbo de la cursilería, regresaban hoy con todas las glorias de la nostalgia: una falsa bella época y su prolongación en el art nouveau colgaba, aprovechando el carácter fungible del apartamento moderno, en un bosquejo de cortinajes de terciopelo, lámparas de cuentas y sillones con fleco.

La preciosa mujer pelirroja de Vargas apareció con unas mallas de encaje negro y un bombín al tiempo que terminó el disco y una muchacha de pelo negro y ojos azules se desprendió del baile colectivo y, girando, fue a detenerse contra el muro del fondo. Apretó las manos sobre el estómago. Alejandro la observó y siguió bebiendo. La muchacha recuperó el aliento admirando la gracia con que la mujer de Vargas cantaba el *Alabama song* entre los aplausos y risas de los invitados. La molestia interna de Alejandro duró un segundo: el del desplazamiento mental de una lata de piña en conserva al perfil de la muchacha, casi escondido por el pelo negro, largo y lacio, que se adelantaba hasta encontrar las comisuras de los labios sin pintar. Sonreía, fatigada. Saludó de lejos a alguien y cruzó los brazos sobre el regazo. Alejandro trató de esquivar la mirada y recobrar la imagen de la lata de piña. La muchacha miró a su alrededor. Movió dos dedos, sonriendo, al encontrar a Alejandro. El pintor sacó la cajetilla y le ofreció un Raleigh.

Ella dijo: —Thanks. I'm Joyce.

Alejandro encendió el cerillo y lo acercó al rostro de Joyce: —¿Puedo decirle una cosa?

Joyce levantó la mirada. Alejandro no quiso comparar esos ojos azules con nada y menos convocar el recuerdo de un efebo en bronce rescatado del mar cerca de un cabo ático de nombre perdido, pero importante porque no significaba nada, no pretendía celebrar una victoria o lamentar una muerte, sino ser él mismo, sorprendido en su esbeltez cotidiana. Los dedos largos y las caderas estrechas. Joyce acercó el cigarrillo al fuego.

—Creo que es usted la mujer más hermosa que he visto.

Joyce aspiró el humo. No pudo disfrazar la confusión que enrojeció su rostro.

—Mi marido es aquel —indicó con el cigarrillo—. El que corea la canción en cuclillas.

—¿Él no te lo ha dicho nunca?

Joyce miró fijamente a Alejandro: —Los sajones nunca dicen lugares comunes. —Sonrió—. Por eso me gustan los latinos. —Bajó la mirada—. Bueno, usted es el primero que me dice eso.

—¿Qué hacen aquí?

—Somos arqueólogos. Nos vamos a doctorar este año. Stanford. Estamos haciendo la tesis aquí. Ya estuvimos en Yucatán, en Palenque y en Xochicalco. Pasado mañana vamos a Tula.

Joyce frunció el ceño. Alejandro le tomó la mano.

—No me distraigas —dijo secamente la muchacha—. Ya tuve todas las aventuras necesarias. El amor no es este juego de sillas musicales. Te lo digo en serio. Bastante es llegar a conocerlo con un solo hombre. Es indirecto, es secreto, es paradójico y no está en las emociones más obvias. No quiero la gran pasión latina.

—Joyce, no me gustan los prólogos. ¿Puedes salir ahora conmigo?

—Tengo que irme con mi marido. Te espero mañana a las 12 en la sucursal del National City Bank.

Se fue, vestida con sus gasas de color lila, descotada, alta, ondulante y seria. Todos aplaudieron y alguien puso un disco de bossa nova. Alejandro bajó con lentitud por las escaleras. El ascensor había dejado de trabajar a las 11.

Entró poco después del mediodía al edificio de fachada barroca y, en el interior modernizado, la buscó entre los canceles de madera y sillas de cuero. Estaba sentada frente a un funcionario. Tenía una pañoleta en la cabeza y usaba anteojos oscuros. Sin el maquillaje, se le veían las pecas. Él se acercó y se dieron la mano.

—Estoy cambiando nuestra mensualidad. En seguida quedo libre.

Recogió el dinero y se levantó. Parecía mucho más baja con los huaraches y llevaba una bolsa de mercado con algunas latas y un muñeco a caballo, de petate tejido.

—Es para mi hijo —sonrió cuando salieron a la luz reverberante de Isabel la Católica—. Le encantan los juguetes mexicanos.

—Estoy en el estacionamiento —dijo Alejandro. La tomó del codo y cruzaron la calle.

—Tengo que pasar a *Excélsior* a poner un aviso —dijo Joyce mientras el Opel avanzaba lentamente por 5 de Mayo, perseguido por los ubicuos vendedores de billetes de lotería.

—¿Hay tiempo para un café juntos? —Alejandro se quitó las gafas negras y apretó las manos de Joyce.

—Primero déjame poner el aviso. Necesitamos una nana para el niño. —Joyce también apretó la mano de Alejandro; Alejandro llevó la de Joyce a sus labios. Los claxons se enfurecieron. Los dos se observaron con risa y el Opel volvió a avanzar.

—Ya me dijeron quién eres. Admiro mucho tus cosas. Todos dicen que es lo único cercano al arte indígena visto en la vida moderna. Pero conste que me gustaste desde antes.

—Joyce. Me gustas cantidad. Te lo juro. Mira cómo me pones. Te toco y enloquezco.

—No. Por favor. Aquí está el periódico. ¿Bajas conmigo?

—Mira: estaciono y te espero en la Librería Francesa. Luego nos tomamos un café al lado.

—O.K.

Joyce bajó y corrió hacia las oficinas del diario. Alejandro entró al estacionamiento y en seguida caminó media cuadra a la librería.

—Buenos días —le dijo Lisette—. Ya llegaron sus libros.

Se hincó frente a un casillero y sacó los volúmenes y Alejandro hojeó las láminas de Delaunay y se dijo que todo era luz, sin objetos: el final de Rembrandt. Miró su reloj. Paseó la mirada por la cálida librería, con sus altos estantes y escalerillas sobre ruedas, los ceniceros bien distribuidos y el ramo de azucenas en la mesa redonda del centro. Llegó con los libros bajo el brazo a la caja y pagó.

Salió de la librería al Paseo de la Reforma.

Se detuvo un instante; en seguida caminó con rapidez al estacionamiento, pagó y subió al Opel. Arrancó por la lateral y dio vuelta a la derecha en Bucareli.

La nueva exposición de Alejandro se inauguró la semana pasada y fue un escándalo. Lo han acusado de negarse a sí mismo, de darle la espalda al país y de plagiar descaradamente el Pop Art. Rojas acaba de escribir un artículo en defensa de Sevilla. Se titula "La sacralización de lo baladí". Adela, Lola y Lupe ya desaparecieron. La exposición conjuró a varias nuevas mujeres que hoy se reparten los días de la semana en la casa del Olivar de los Padres. Todos dicen que, buen o mal artista, Alejandro es un Don Juan afortunado e impenitente. Hace poco le recordé que ya cumplió 33 años y que debe pensar en casarse algún día. Alejandro sólo me miró con tristeza.

Vieja moralidad

A Carlos Velo

—¡Zopilotes negros! ¡Cuervos devoradores! ¡Fuera de mi vista! ¿Quieren que las plantas se sequen? ¡Tomen el otro camino, el que da la vuelta por la casa de doña Casilda, que al fin esa vieja beata se hincará cuando pasen! ¡Respeten la casa de un republicano juarista! ¿Cuándo me han visto entrar a su templo de tinieblas, buitres? ¡No les he pedido ninguna visita! ¡Fuera, fuera!

Mi abuelo agita su bastón, apoyado contra la barda del huerto. Seguro que nació con ese bastón. Creo que hasta en la cama duerme con él para no perderlo. El puño del bastón es igualito al abuelo, nada más que el puño es un león melenudo con los ojos muy estirados, como si estuviera viendo muchas cosas al mismo tiempo y el abuelo, pues, sí, también es un viejo melenudo con unos ojos amarillos que se le estiran hasta las orejas cuando ve venir la fila de curas y seminaristas que tienen que pasar al lado del huerto para ir más rápido a la iglesia. El seminario está un poco fuera de Morelia y mi abuelo jura que lo construyeron sobre el camino de nuestro rancho sólo para fastidiarlo. No es la palabra que él usa. Las tías dicen que las palabras que usa el abuelo son muy inmorales y que yo no debo repetirlas. Lo raro es que los curas siempre han de pasar por aquí, como si les gustara oír lo que grita, en vez de tomar el rodeo por el rancho de doña Casilda. Una vez lo hicieron, y ella se hincó para que le echaran la bendición y luego les convidó su chocolatito. No sé por qué prefieren pasar por aquí.

—¡Un día de éstos me los fastidio, curas de miércoles! ¡Un día les echo los perros encima!

La verdad es que los perros del abuelo ladran mucho dentro del rancho, pero en cuanto pasan la barda son bien mansitos. Cuando los curas bajan la loma en fila y empiezan a persignarse, los tres pastores ladran y aúllan como si se anduviera acercando el demonio. Les ha de extrañar que tantos hombres vengan vestidos con faldas y tan bien rasurados, ellos que ya se acostumbraron a las barbotas del abuelo, que nunca se las peina y a veces se me hace que hasta se las revuelve más, sobre todo cuando las tías nos visitan. La cosa es que los perros se vuelven mansitos al salir al camino y les lamen los zapatos y las manos a los curas y entonces los curas miran de lado y con una sonrisita a mi abuelo, que golpea la barda con su bastón, lleno de coraje, y se le traban las palabras. Aunque la verdad no sé si lo que están mirando los curas es otra cosa. Porque el abuelo siempre espera el paso de los señores con faldas bien abrazado a la cintura de la Micaela, y la Micaela, que es mucho más joven que él, se aprieta contra el abuelo y se desabotona la blusa y se ríe mientras come un plátano dominico y luego otro y luego otro más y los ojos le brillan igual que los dientes cuando pasan los curas.

—¿No les da muina mi hembra, sanguijuelas? —grita el abuelo y aprieta más a la Micaela—. ¿Quieren que les cuente dónde está el reino eterno?

Lanza una carcajada y le levanta las faldas a la Micaela y los curas se ponen a trotar como conejitos asustados, de ésos que a veces bajan de los bosques cerca del huerto y esperan a que yo les aviente zanahorias. El abuelo y la Micaela se ríen mucho y yo me río igual que ellos y tomo la mano de mi abuelo que llora de risa y digo:

—Mira, mira, saltan como conejitos. Ahora sí los asustaste. Puede que ya no vuelvan más.

El abuelo aprieta mi mano con la suya llena de nervios azules y callos amarillos, como los troncos de madera guardados en la covacha al fondo del huerto. Los perros regresan a la casa y empiezan a ladrar otra vez. Y la Micaela se abotona la blusa y le acaricia la barba al abuelo.

Pero casi siempre las cosas son más tranquilas. Aquí todos trabajamos a gusto, las tías dicen que es una inmoralidad que un muchacho de 13 años trabaje en vez de ir a la escuela, pero yo no entiendo qué quieren decir. A mí me gusta levantarme temprano y correr a la recámara grande, donde la Micaela se está haciendo las trenzas mientras se mira al espejo, con las horquillas en la boca, y el abuelo todavía gruñe en la cama; seguro, si se acuesta con las lechuzas y no duerme más de cuatro horas, jugando al conquián con sus amigos hasta las dos de la mañana. Por eso a las seis, cuando yo entro a la recámara toda retacada de muebles, de mecedoras con almohaditas para la cabeza, de roperos enormes con espejos en los que uno se ve enterito, me trepo a la cama riendo. El abuelo se hace el dormido un rato y cree que yo no me doy cuenta. Yo le sigo el juego y de repente él lanza un gruñido de león que hasta el cristal del candelero tiembla y yo me hago el asustado y me escondo entre esas sábanas llenas de olores que no se dan en ninguna otra parte. Sí, a veces la Micaela dice: "Tú no eres un niño, eres un perro igual que ésos, que de seguro no ven nada pero nomás se dejan llevar por lo que huelen." Lo ha de decir en serio porque de veras que entro a la cocina con los ojos cerrados y me voy derecho al jocoque, a los tarros de miel, a las quesadillas de flor, a las bateas de nata y a los mangos en dulce que la Micaela está preparando. Y sin abrir los ojos meto los dedos en la cazuela y acerco los labios al chiquihuite donde ella va amontonando las tortillas calientes. "Hombre, abuelo —le dije un día—, si me diera la gana iría a todos lados oliendo nomás, sin perderme, te lo juro." Afuera es fácil. No acaba de salir el sol y los hombres ya están en el aserradero y es el olor de ocote fresco lo que me lleva hasta allá, al cobertizo donde los trabajadores colocan en montones los troncos y las ramas y luego van sacando las tablas del grueso y del ancho que quieren con los serruchos. Todos me saludan y me piden: "Alberto, danos una mano", porque saben que eso me enorgullece mucho y saben que yo sé que ellos saben. Hay montañas de aserrín por todas partes y un olor como si el verdadero bosque estuviera aquí, pues la madera no huele igual ni antes ni después, ni cuando es árbol ni cuando es mueble o puerta o viga en las casas. Una vez hablaron mal del abuelo en el periódico de Morelia, lo llamaron "rapamontes" y el abuelo bajó a Morelia armado con su bastón y le rajó el coco al periodista y después tuvo que pagar daños y perjuicios: así dijo el mismo periódico. El abuelo es un tipo vaciado, ni hablar. Pero quién lo viera tan encabronado con los curas y los periodistas y luego tan mansito en el invernadero que está detrás de la casa. No, no tiene plantas allí, sino pájaros. Sí, es un gran coleccionista de pájaros y yo creo que me quiere tanto porque le heredé el gusto y me paso la tarde observándolos y llevándoles alpiste y agua y al fin poniéndoles sus fundas encima cuando se duermen al meterse el sol.

Esto de los pájaros es cosa seria y el abuelo dice que hay que estudiar mucho para cuidarlos bien. Y tiene razón. Éstos no son unos gorriones cualquiera. Me he pasado horas leyendo las tarjetas que hay en cada jaula para explicar de dónde vienen y por qué son tan raros. Hay dos faisanes: el macho tiene todo el plumaje y también es el más vanidoso, mientras que la hembra es toda escurrida y sin colores. Y la cacatúa amazónica, muy blanca con sus ojeras azules y pálidas, como si estuviera desvelada. Y el pájaro australiano, que es rojo, verde, morado y amarillo. Y el pájaro en llamas, negro y naranja. Y la viuda real con su larga cola de cuatro puntas que le sale una vez al año, cuando busca marido, y luego la pierde. Y el faisán plateado de China, color de espejo, con la cara roja. Y sobre todo las urracas que se van sobre lo que brilla y lo esconden muy bien. Ya sé que me gusta entretenerme todas las tardes mirando a los pájaros más bonitos, pero luego llega el abuelo y me dice:

—Todos los pájaros saben quiénes son los demás, quiénes son sus amigos y cómo ocuparse jugando. Eso es todo.

Después cenamos los tres en la mesa larga y medio amolada que según el viejo es lo único clerical que acepta en su casa, pues viene de un convento.

—Y no me duele —dice mientras la Micaela nos sirve unos chiles rellenos de frijol y queso derretido— que una mesa de refectorio haya venido a dar a casa de un liberal. El señor Juárez convirtió las iglesias en bibliotecas y la mejor prueba de que este pobre país va de mal en peor es que ahora han sacado los libros para meter otra vez las pilas de agua bendita. Ojalá que las mochas de tus tías por lo menos se laven las lagañas cada vez que van a misa.

—Pues se han de lavar rete seguido —ríe la Micaela cuando le pasa la jarra de pulque al abuelo— porque esas beatas no salen nunca de la sacristía. Huelen a puro trapo viejo y orinado.

El abuelo le abraza la cintura y todos reímos mucho y yo dibujo en mi cuaderno a las tres tías hermanas de mi difunta madre, como si fueran los pájaros más narigudos y metiches de la colección. Entonces todos volvemos a carcajearnos hasta que nos duelen las costillas y se nos salen las lágrimas y la cara del abuelo parece un jitomate y luego llegan los amigos a jugar al conquián y yo subo a dormir y al día siguiente entro temprano a la recámara donde duermen el abuelo y la Micaela y vuelven a pasar un poco las mismas cosas y todos contentos.

Pero hoy, desde el aserradero, oigo a los perros ladrar y me imagino que ahí van de paso los curas y no quiero perderme las palabrotas del abuelo, que son como chirimoyas aplastadas, pero se me hace raro que los curas pasen tan temprano y luego oigo el claxon y ya sé que han llegado las tías, a las que no veo desde la navidad, cuando por fuerza me llevaron a Morelia y me aburrí como un ostión solitario mientras una de ellas tocaba el piano y otra cantaba y la de más allá le daba copitas de rompope al obispo. Decido hacerme el disimulado pero al rato me da curiosidad ver ese automóvil del año de la cachimba y salgo como quien no quiere la cosa, chiflando y pateando la viruta y los alcornoques. Todos han entrado. Pero frente a la reja está esa maquinota con un toldo lleno de flecos y asientos de terciopelo con cojines bordados a mano. INRI, SJ, ACJM. Averiguaré con el abuelo qué quieren decir esas letras bordadas. Luego. Ahora seguro que el viejo se las está refrescando a su gusto y para no apenarlo entro de puntitas a la casa y me escondo entre las macetotas y las plantas desde donde puedo verlos a todos sin que ellos me vean a mí.

El abuelo está de pie, apoyado con las dos manos sobre el puño del bastón y con un puro entre los dientes que echa humo como el expreso a Ciudad Juárez. La Micaela está con los brazos cruzados, riéndose, en la puerta de la cocina. Las tías están sentadas muy tiesas sobre el mismo sofá de mimbre. Las tres usan sus sombreros negros y sus guantes blancos y se sientan con las rodillas muy juntas. Dicen que dos son casadas y la de enmedio soltera, pero no hay cómo averiguarlo, porque la tía Milagros Tejeda de Ruiz sólo es distinta en que un párpado se le frunce todo el tiempo como si tuviera una ceniza en el ojo y la tía Angustias Tejeda de Otero sólo es ella misma porque parece que usa una peluca que a cada rato se le ladea y la tía Benedicta Tejeda, la señorita, sólo se ve un poco más joven y a todas horas se pasa un pañuelo de encajes negros por la punta de la nariz. Pero fuera de eso, las tres son muy delgadas, muy blancas —casi amarillas—, con narices muy afiladas y se visten igual: con trajes de luto toda la vida.

—¡La madre era una Tejeda, pero el padre era un Santana, como yo, y eso me da todos los derechos a mí! —grita el abuelo y arroja humo por la nariz.

—Lo decente le viene de lo Tejeda, don Agustín —dice doña Milagros con ese ojo de farolito—. No lo olvide usted.

—¡Lo decente le viene de mis tompiates! —vuelve a gritar el abuelo y se sirve un vaso de cerveza y les gruñe a las tías que se han tapado los oídos al mismo tiempo—. Para qué les voy a explicar nada a ustedes, cacatúas. La saliva me sirve para cosas mejores.

—Mujeres —chilla doña Angustias al arreglarse la peluca—. Esa prostituta con la que usted vive amancebado.

—Alcohol —murmura la señorita Benedicta con la mirada baja—. No nos sorprendería que el niño haya aprendido a emborracharse. —Explotación —grita doña Milagros, rascándose los cachetes—. Lo hace usted trabajar como un peón de raya. —Ignorancia —guiña sus ojitos doña Angustias—. Nunca ha puesto pie en una escuela cristiana. —Pecado —la señorita Benedicta une las manos—. Ya cumplió los 13 y aún no recibe la hostia y jamás va a misa. —Irreverencia —doña Milagros alarga un dedo señalando al abuelo—. Irreverencia hacia la Santa Madre Iglesia y sus ministros a los que usted agrede soezmente todos los días. —¡Blasfemo! —la señorita Benedicta se seca los ojos con el pañuelo negro—. ¡Hereje! —doña Angustias agita la cabeza y la peluca le cae sobre las cejas—. ¡Amancebado! —doña Milagros ya no puede con la temblorina del párpado.

—¡Adiós, mamá Carlota! —canta la Micaela y espolvorea su trapo de cocina.

—¡Adiós el mocho y el traidor! —truena el abuelo con el bastón en alto: las tías se toman de las manos y cierran los ojos—. Para visita familiar, ya duró mucho. Regresen a su carcacha y a sus rosarios y a sus inciensos y díganles a sus maridos que no se escondan detrás de las faldas, porque Agustín Santana de seráfico sólo tiene el apellido y aquí los espera para cuando de veras quieran llevarse al muchacho. Buenos días les dé dios, señoras, porque sólo su misericordia puede hacer ese milagro. ¡Arre!

Pero si el abuelo levanta el bastón, doña Angustias muestra un papelote: —No nos espanta usted. Lea bien esta disposición del juzgado de menores. Es un acta civil, don Agustín. El muchacho no puede vivir más en este ambiente de inmoralidad descarada. Vendrán esta tarde dos gendarmes y lo llevarán a casa de nuestra hermana Benedicta, para cuya soltería será un goce criar a Alberto como un caballerito decente y cristiano. Vámonos, hermanitas.

La casa de la tía Benedicta está en el centro de Morelia y desde los balcones se ve una placita con bancas de fierro y muchas flores amarillas. Al lado hay una iglesia y la casa es vieja, igual a todas las casas grandes de la ciudad. Hay un zaguán y un patio y los criados viven abajo y allí está también la cocina, donde dos mujeres abanican todo el día las estufas de carbón. Arriba están las salas y los cuartos, que dan todos sobre el patio pelón. Ni hablar: la tía Milagros dijo que había que quemar toda mi ropa vieja (mis overoles, mis botas, mis sudaderas) y vestirme como ando ahora todo el tiempo, con un traje azul y una camisa blanca y tiesa de marica. Me han puesto a un viejo medio menso de profesor para que me enseñe a hablar gabacho antes de que empiecen las clases después de las vacaciones y se me está haciendo un hocico de marrano de tanto pronunciar la "u" como quiere el maestro. Seguro, tengo que ir todas las mañanas con la tía Benedicta a la iglesia y sentarme en las bancas duras, pero por lo menos eso es distinto y hasta me divierte. La tía y yo comemos solos casi todo el tiempo, aunque a veces vienen las otras tías con sus maridos, que me acarician el copete y dicen "pobrecito". Y luego me paseo solo por el patio o me meto a la recámara que me han dado. La cama es enorme y tiene un mosquitero. Hay una cruz en la cabecera y un bañito al lado. Y me aburro tanto que espero con ansias las horas de comer, que son las menos latosas, y desde media hora antes de la comida empiezo a rondar la puerta del comedor, visito a las dos mujeres que abanican los braseros, averiguo qué preparan y vuelvo a montar guardia junto a la puerta, hasta que una de las criadas entra a poner los platos y los cubiertos en los dos lugares y luego la tía Benedicta sale de su cuarto, me toma de la mano y entramos al comedor.

Dicen que la tía Benedicta no se ha casado porque es muy exigente y ningún hombre le cuadra; y que es muy vieja, que ya tiene 34 años. Mientras comemos, la miro para averiguar si se le nota que es 20 años más vieja que yo y ella sigue sorbiendo la sopa sin mirarme ni hablarme. Nunca me habla, pero como además nos sentamos tan lejos en la mesa, ni a gritos nos entenderíamos. Trato de compararla con la Micaela, que es la única mujer con la que he vivido antes, pues mi madre murió cuando yo nací y mi padre cuatro años después y desde entonces vivo con el abuelo y la arrejuntada, como le dicen las tías.

Lo que pasa con la señorita Benedicta es que de plano nunca se ríe. Y sólo habla para decir cosas que ya sé o darme órdenes cuando yo ya me adelanté y estoy haciendo las cosas que ella quiere sin necesidad de que me las diga. Abusado. No sé si las comidas son o se me hacen largas pero trato de entretenerme de varias maneras. Una es ponerle la careta de la Micaela a la tía y esto es muy chistoso, porque me imagino las carcajadas y la cabeza echada para atrás y los ojos que siempre están preguntando si la cosa va en serio o es guasa —así es Micaela— saliendo de ese cuello bien abotonado y del vestido negro. Otra es hablarle en mi idioma de mi invención para pedirle que me pase el café:

—Óyeye titía, semapapa el feca.

La tía suspira y no ha de ser tan mensa, porque hace lo que le pido y sólo me da una clase de educación:

—Se dice *por favor*, Alberto.

Pero como iba explicando, en lo demás me la traigo corta, porque cuando llega muy seria a tocar en mi puerta para regañarme porque todavía no me levanto, yo le contesto desde el patio, muy bañado y muy catrín y entonces ella se esconde el coraje y me dice, todavía más seria, que es hora de ir a la iglesia y yo sonrío y le muestro el misal y ella ya no sabe qué decir.

Por fin me pescó un día, como al mes de vivir con ella, y todo por el cura chismoso. Me están preparando para la primera comunión y todos los niños que toman el catecismo se ríen de que un grandulón no sepa ni jota de que quién es el espíritu santo. Además, se ríen nomás porque soy el grandulón. Ayer me tocó al fin la platicada a solas con el cura para prepararme para la confesión. Habló mucho del pecado y de que yo no tenía la culpa de no saber nada de la religión y de haber crecido en un ambiente muy inmoral. Me pidió que no tuviera pena y le contara todo porque nunca había tenido que preparar a un muchacho tan lleno de pecados como yo, para quien la perversidad era cosa de todos los días y ya ni siquiera podía distinguir entre el bien y el mal. Yo nomás me exprimía el coco pensando en cuáles serían mis pecados tan feos y como los dos estábamos ahí, en la iglesia vacía, mirándonos las caras sin saber qué decir, me puse a recordar las películas que he visto y empecé a echar de mi ronco pecho: que si asalté un rancho y me llevé todo el dinero y además las gallinas, que si agarré a chicotazos a un pobre viejo ciego, que si le metí un puñal por la espalda a un policía, que si encueré a la fuerza a una muchacha y luego le mordía la cara. El cura levantó los brazos y se persignó y dijo que todas las cosas que sabía del abuelo eran pocas y salió corriendo como si yo fuera la piel de Judas que dicen.

71

Ahora sí la tía entró hecha una furia a mi recámara antes de que yo despertara. Hasta creí que la casa se estaba quemando. Abrió de par en par las puertas y gritó mi nombre. Yo me desperté y la vi ahí con los brazos abiertos. Luego vino a sentarse en la cama junto a mí y me dijo que me había burlado del señor cura y que lo peor no era eso. Había dicho todas esas mentiras para esconder mis verdaderos pecados. Yo nomás la miraba como si estuviera medio desnivelada de la azotea.

—¿Por qué no admites la verdad? —dijo y me tomó la mano.

—¿Qué cosa, tía? Palabra que no entiendo.

Entonces ella me acarició la cabeza y me apretó la mano:

—Que has visto a tu abuelo y a esa mujer en actitudes inconvenientes.

Seguro que mi cara de bobo no la convenció, pero juro que no entendí qué quiso decir y menos cuando siguió hablando con la voz medio atragantada, entre que lloraba y gritaba: —Juntos. En pecado. Haciendo el amor. En la cama.

Así sí. —Pues claro. Duermen juntos. El abuelo dice que un hombre nunca debe dormir solo o se seca, y una mujer lo mismo.

La tía me tapó la boca con los dedos. Nada más que se quedó así mucho tiempo y yo ya me andaba sofocando. Me miró rarísimo y luego se levantó y se fue muy despacio, sin decir nada, y yo me volví a dormir pero ella no regresó a levantarme para que fuéramos a misa. Me dejó en paz y yo me quedé acostado toda la mañana hasta la hora de la comida, mirando al techo sin pensar nada.

Hay muchas lagartijas en el patio. Ya sé que cuando uno las mira se ponen del color de la piedra o del árbol para disfrazarse. Pero yo les conozco el truco y no se me escapan. Hoy he pasado una hora siguiéndolas, riéndome de ellas porque creen que no sé fijarme en sus ojos negros como alfileres pintados. Todo el chiste es no perder de vista los ojos, porque eso no lo pueden disfrazar y como los abren y los cierran todo el tiempo, es como una señal que se apaga y se enciende en el cruce de vías y así sigo a una y luego a otra y cuando quiero —como ahora— les echo mano y las siento palpitar en mi puño, todas lisas por abajo y arrugadas por arriba y pequeñas pero con su propia vida, igual que uno. Si supieran que no les voy a hacer daño, no les latiría tanto el buche, pero así son las cosas. Ni modo que entiendan. Lo que a ellas les da miedo a mí me da gusto. La tengo bien capturada en la mano y la tía me está mirando desde el corredor de arriba, sin entender qué cosa hago. Subo corriendo las escaleras y llego hasta ella sin aire. Me pregunta qué andaba haciendo. Me pongo muy serio para que no se las huela. Ella se está abanicando en la sombra, pues hace mucho calor. Le acerco el puño cerrado y ella trata de sonreír; se ve que le cuesta. Abre la mano para tomar la mía y yo le pongo la lagartija sobre la palma y le obligo a doblar los dedos. Y ella no grita ni se asusta, como creí. No empieza a regañarme ni tira la lagartija. Sólo cierra más el puño y también los ojos y parece que quiere hablar y no puede y le tiembla la nariz y me mira como nadie me ha mirado nunca, como si quisiera llorar y le diera gusto. Y yo le digo que la pobre lagartija se va a sofocar y la señorita Benedicta se agacha hasta el piso y no quiere soltarla y al fin separa los dedos y la deja irse corriendo por las baldosas y luego treparse por la pared y desaparecer. Y entonces le cambia la cara a mi tía y se le tuerce la boca y veo que está enojada pero sin estarlo de veras. Yo sonrío con la cabeza metida en los hombros y me hago el disimulado y salgo corriendo de regreso al patio.

Me paso la tarde metido en el cuarto sin hacer nada. Me siento cansado y como con sueño pues se me está viniendo encima un catarrazo. Ha de ser la falta de sol y de aire libre en esta casa oscura. Empieza a darme muina todo. Empieza a hacerme falta el aserradero, igual que los dulces de la Micaela, los pájaros del abuelo, el relajo cuando pasan los curas y las risas a la hora de la cena y la entrada a la recámara todas las mañanas. Se me figura que hasta ahora la vida aquí en Morelia ha sido como una vacación pero llevo más de un mes metido aquí y ya me cansé.

Salgo del cuarto para cenar un poco tarde y la tía ya está sentada en la cabecera con su pañuelo negro en la mano y yo tomo mi lugar pero ella no me regaña por llegar tarde —y eso que lo hice a propósito—. Al contrario. Parece que tiene ganas de sonreír y ser amable. Nomás que yo tengo ganas de hacer un coraje y regresar al rancho.

—Te tengo una sorpresa.

Me ofrece un plato cubierto por otro y yo lo destapo. Son puras natas.

—La cocinera me dijo que te gustaban mucho.

—Gracias, tía —le digo muy serio.

Comemos en silencio y por fin a la hora del café con leche le digo que ya me aburrí de vivir en Morelia y que ojalá me dejara regresar con el abuelo, que es donde vivo a gusto.

—Ingrato —dice la tía y se seca los labios con su pañuelo. Yo no le contesto. Ella repite: —Ingrato.

Y ahora sí se levanta y viene hacia mí repitiendo eso y me toma la mano y yo sigo sentado muy serio y ella me pega con esa mano larga y huesuda en la cara y yo me aguanto las lágrimas y me vuelve a pegar y de repente se detiene y me toca la frente y abre los ojos y dice que tengo fiebre.

Ha de ser una fiebre de las feas, porque se me van las fuerzas y siento las rodillas guangas. La tía me lleva a la recámara y dice que debo desvestirme mientras ella busca al doctor. Pero en realidad se voltea mientras yo me quito el traje azul y la camisa blanca y los calzoncillos y me meto a la cama tiritando.

—¿No usas pijama?

—No, tía; siempre duermo en pura camiseta.

—¡Tienes fiebre!

Sale del cuarto con esos gestos de loca y yo me quedo temblando y trato de dormirme y digo que la fiebre es fea por decir algo; la verdad es que me duermo muy pronto y todos los pájaros del abuelo salen volando juntos, armando un jaleo padre pues al fin son libres: el cielo azul se llena de relámpagos naranja, rojo, verde, pero todo eso dura muy poco; los pájaros se asustan y como que quieren regresar a las jaulas; ahora hay relámpagos de verdad y los pájaros se quedan fríos y tiesos en la noche, sin poder volar más, y se van volviendo negros, pierden sus plumajes, dejan de cantar y cuando pasa la tormenta y amanece, resulta que son la fila de seminaristas con sus sotanas que van rumbo a la iglesia y el doctor me toma el pulso y la tía Benedicta se ve muy acongojada y el doctor se va entre sueños y la tía dice:

—Anda. Ponte de espaldas. Tengo que untarte este linimento.

Siento las manos heladas sobre mi piel caliente. El abuelo agita el bastón y les grita palabrotas a los curas. El linimento huele muy fuerte. Les suelta los perros a

75

los curas. A eucalipto y alcanfor. Los perros nomás ladran asustados. Me friega muy duro y la espalda me empieza a arder. El abuelo grita pero sus labios se mueven en silencio. Ahora me frota el pecho y el olor me llega más fuerte. Los perros ladran pero tampoco hacen ruido. Estoy bañado en sudor y en linimento y todo me arde y me quiero dormir pero sé que ya estoy dormido al mismo tiempo que lo deseo. La mano fría me frota los hombros y las costillas y los sobacos. Y los perros salen sueltos, furiosos, a clavarle los colmillos a los seminaristas que de noche se vuelven pájaros. Y el estómago me arde igual que el pecho y la espalda y la tía frota y frota para curarme. Los seminaristas pelan los dientes y ríen y abren los brazos y se van volando como zopilotes, muertos de la risa. Y yo río de contento con ellos, la enfermedad me llena de alegría y no quiero que ella deje de curarme, le pido que me cure más, tomo sus manos, la fiebre y el linimento me arden en los muslos y los perros corren por los campos aullando como coyotes.

Cuando desperté habían pasado una noche y una mañana y ya se estaba poniendo el sol. Lo primero que vi fueron las sombras del patio a través de los visillos de la puerta. Y luego me di cuenta de que ella estaba sentada junto a la cabecera y me pedía que comiera un poco y me acercaba la cuchara a los labios. Probé la avena y luego miré a mi tía con su pelo caído sobre los hombros y una sonrisa como si me agradeciera algo. Dejé que me diera la avena como si yo fuera un niño, a cucharadas, y le dije que me sentía mejor y que le daba las gracias por haberme curado. Ella se puso colorada y luego dijo que al fin me enteraba de que en esta casa también me querían.

Me estuve como 10 días en cama. Primero leía un montón de novelas de Alejandro Dumas y desde entonces se me ha quedado que las novelas van con la bronquitis como la lluvia con los sembrados. Pero lo curioso es que la tía salió a comprarlas como quien va a robar y luego las trajo escondidas y yo nomás me encogí de hombros y me lancé a leer como maquinita esa historia divina del tipo que sale de la cárcel haciéndose el muerto y lo tiran al mar y luego va a dar a la isla de Montecristo. Pero nunca había leído tanto y me cansé y me aburrí y me quedé pensando y mirando el paso de las horas con las luces y sombras que iban y venían por las paredes de mi cuarto. Y quien me hubiera visto habría dicho que estaba muy tranquilito, pero por dentro me estaban pasando cosas que no entendía. Y todo era que ya no estaba tan seguro como antes. Antes me hubieran dado a escoger entre regresar al rancho y quedarme aquí, y para luego es tarde: habría salido a todo galope a reunirme con el abuelo. Y ahora no sabía. No podía decidirme. Y la pregunta volvía, por más que trataba de esconderla o de distraerme pensando en otras cosas. Seguro, si alguien me hubiera preguntado, ya sé lo que habría contestado y ahí voy de regreso al rancho. Pero dentro de mí no; me daba cuenta de eso y de que era la primera vez que me pasaba una cosa así: que lo que pensaba por fuera era distinto de lo que pensaba por dentro.

No sé qué tenía que ver con todo esto la tía. Me dije que nada. Ella parecía la misma pero era otra. Sólo entraba a traerme ella misma la bandeja, a tomarme la temperatura y a ver que me tragara las medicinas. Pero yo la espiaba por el rabo del ojo y me daba cuenta de que cuando más triste se veía, más contenta estaba, cuando más contenta se veía, más ganas de llorar o algo se le notaban y cuando se sentaba en la mecedora y se abanicaba —cuando parecía que estaba descansando muy quitada de la pena más sentía yo que algo quería, y cuando más trajinaba y hablaba, más sentía yo que no quería algo, que hubiera deseado irse de mi cuarto y encerrarse en el suyo.

Pasaron los 10 días y ya no aguantaba el sudor y la mugre y los pelos tiesos. Entonces la tía dijo que ya estaba sano y que me podía bañar. Salté de la cama muy feliz pero ay caray, casi me caigo del mareo que me entró. La tía corrió a cogerme de los brazos y me llevó al baño. Me senté, muy mareado, mientras ella mezclaba el agua fría con la caliente, la movía con los dedos y dejaba que se llenara la tina. Luego me pidió que me metiera al agua y yo le dije que se saliera y ella me preguntó que por qué. Le dije que me daba vergüenza.

—Eres un niño. Haz de cuenta que soy tu mamá. O la Micaela. ¿Ella nunca te bañó?

Le dije que sí, cuando era muy escuincle. Ella dijo que era lo mismo. Dijo que casi era mi mamá, pues me había cuidado como a un hijo durante la enfermedad. Se acercó y empezó a desabotonarme el pijama y a llorar y a decir que yo había llenado su vida, que algún día me contaría su vida. Me cubrí como pude y entré a la tina y casi me resbalo. Ella me enjabonó. Empezó a frotarme igual que aquella noche y ella ya sabía que eso me gustaba y yo me dejé hacer mientras ella me decía que yo no sabía lo que era la soledad y lo repitió varias veces y luego dijo que apenas la navidad pasada yo todavía era un niño y el agua era muy tibia y sentí el cuerpo a gusto, enjabonado, limpiándome del cansancio de la enfermedad, con las manos que me acariciaban. Ella supo antes que yo que ya no aguantaba y ella misma me levantó de la tina y me miró y se abrazó a mi cintura.

Ahora llevo cuatro meses viviendo aquí. Benedicta me pide que le diga "tía" enfrente de los demás. Me divierte escurrirme de noche y de madrugada por los pasillos y ayer casi me pesca la cocinera. A veces me canso mucho, sobre todo cuando Benedicta llora y grita y se hinca ante el crucifijo con los brazos abiertos. Ya nunca vamos a misa ni comulgamos. Y nadie ha vuelto a hablar de mandarme a la escuela. Pero de todos modos extraño la vida con el abuelo y ahí tengo escrita una carta donde le digo que ya venga a recogerme, que me hacen falta el aserradero y los pájaros y las cenas tan alegres. Nomás que nunca la mando. Eso sí, voy añadiéndole cosas todos los días y le echo indirectas medio pícaras y a ver si el viejo se las huele. Pero no mando la carta. Lo que no sé describir muy bien es lo bonita que se ha puesto Benedicta, cómo ha cambiado de aquella señorita tiesa y enlutada que iba al rancho y quisiera contarle a la Micaela y al abuelo que si vieran, también Benedicta sabe ser muy cariñosa y tiene una carne muy blanda y unos ojos, pues distintos, brillantes y muy abiertos y es toda ella muy blanca. Lo único malo es que a veces gime y llora y se retuerce tanto. A ver si algún día mando la carta. Hoy sí me asusté y hasta la firmé, pero todavía no la cierro. Ahí se estuvieron cuchicheando un rato muy largo Benedicta y la tía Milagros en la sala, detrás de esa cortina de cuentas que hace ruido cuando uno entra y sale. Y luego la tía Milagros, con ese ojo que le tiembla, llegó a mi cuarto y me empezó a acariciar el pelo y me dijo que si no me gustaría pasar una temporada en su casa. Yo nomás me quedé muy serio. Luego estuve pensando. Lo que pasa es que no sé qué pensar. Le puse un párrafo más a la carta que le estoy escribiendo al abuelo: "Ven a buscarme, por favor. Se me hace que en el rancho hay más moralidad. Ya te contaré." Y volví a meter la carta en el sobre. Pero todavía no me decido a mandarla.

El costo de la vida

A Fernando Benítez

Salvador Rentería se levantó muy temprano. Cruzó corriendo la azotea. No calentó el boiler. Se quitó los calzoncillos y el chubasco frío le sentó bien. Se fregó con la toalla y regresó al cuarto. Ana le preguntó desde la cama si no iba a desayunar. Salvador dijo que se tomaría un café por ahí. La mujer llevaba dos semanas en cama y su cara color de piloncillo se había adelgazado. Le preguntó a Salvador si no había recado de la oficina y él se metió un cigarrillo entre los labios y le contestó que querían que ella misma fuera a firmar. Ana suspiró y dijo:

—¿Cómo quieren?

—Ya les dije que ahorita no podías, pero ya ves cómo son.

—¿Qué te dijo el doctor?

Arrojó el cigarrillo sin fumar por el vidrio roto de la ventana y se pasó los dedos por el bigote y las sienes. Ana sonrió y se recargó contra la cabecera de latón. Salvador se sentó a su lado y le tomó la mano y le dijo que no se preocupara, que pronto volvería a trabajar. Los dos se quedaron callados y miraron el ropero de madera, el cajón con trastos y provisiones, la hornilla eléctrica, el aguamanil y los montones de periódicos viejos. Salvador le besó la mano a su mujer y salió del cuarto a la azotea. Bajó por la escalera de servicio y luego atravesó los patios del primer piso y olió las mezclas de cocina

81

que llegaban de los otros cuartos de la vecindad. Pasó entre los patines y los perros y salió a la calle. Entró a la tienda, que era el antiguo garaje de la casa, y el comerciante viejo le dijo que no había llegado el *Life en español* y siguió paseándose de un estante a otro, abriendo los candados. Señaló un puesto lleno de historietas dibujadas y dijo:

—Puede que haiga otra revista para tu señora. La gente se aburre metida en la cama.

Salvador salió. Pasó por la calle una banda de chiquillos disparando pistolas de fulminantes y detrás de ellos un hombre arreaba unas cabras desde el potrero. Salvador le pidió un litro de leche y le dijo que lo subiera al 12. Clavó las manos en los bolsillos y caminó, casi trotando, de espaldas, para no perder el camión. Subió al camión en marcha y buscó en la bolsa de la chamarra 30 centavos y se sentó a ver pasar los cipreses, las casas, las rejas y las calles polvorientas de San Francisco Xocotitla. El camión corrió al lado de la vía del tren, sobre el puente de Nonoalco. Se levantaba el humo de los rieles. Desde la banca de madera, miró los transportes cargados de abastecimientos que entraban a la ciudad. En Manuel González, un inspector subió a rasgar los boletos y Salvador se bajó en la siguiente esquina.

Caminó hasta la casa de su padre por el rumbo de Vallejo. Cruzó el jardincillo de pasto seco y abrió la puerta. Clemencia lo saludó y Salvador preguntó si el viejo ya andaba de pie y Pedro Rentería se asomó detrás de la cortina que separaba la recámara de la salita y le dijo: —¡Qué madrugador! Espérame. Ya mero estoy.

Salvador manoseó los respaldos de las sillas. Clemencia pasaba el sacudidor sobre la mesa de ocote sin pulir y luego sacó de la vitrina un mantel y platos de barro.

Preguntó cómo seguía Anita y se arregló el busto bajo la bata floreada.

—Mejorcita.

—Ha de necesitar quien le ayude. Si no se pusiera tantos moños...

Los dos se miraron y luego Salvador observó las paredes manchadas por el agua que se había colado desde la azotea. Apartó la cortina y entró a la recámara revuelta. Su padre se estaba quitando el jabón de la cara. Salvador le pasó un brazo por los hombros y le besó la frente. Pedro le pellizcó el estómago. Los dos se vieron en el espejo. Se parecían, pero el padre era más calvo y tenía el pelo más rizado y le preguntó qué andaba haciendo a estas horas y Salvador dijo que después no podría venir, que Ana estaba muy mala y no iba a poder trabajar en todo el mes y que necesitaban lana. Pedro se encogió de hombros y Salvador le dijo que no iba a pedirle prestado.

—Lo que se me ocurría es que podías hablar con tu patrón; algo me podrá ofrecer. Alguna chamba.

—Pues eso sí quién sabe. Ayúdame con los tirantes.

—Es que de plano no me va a alcanzar.

—No te apures. Algo te caerá. A ver qué se me ocurre.

Pedro se fajó los pantalones y tomó la gorra de chofer de la mesa de noche. Abrazó a Salvador y lo llevó a la mesa. Olfateó los huevos rancheros que Clemencia les colocó en el centro.

—Sírvete, Chava. Qué más quisiera uno que ayudarte. Pero ya ves, bastante apretados vivimos Clemencia y yo, y eso que me ahorro la comida y la merienda en casa del patrón. Si no fuera por eso... Bruja nací y bruja he de morirme. Ahora, date cuenta que si empiezo a pedir favores personales, con lo duro que es don José, luego me los cobra y adiós aumento. Créeme, Chava, necesito sacarle esos 250.

Hizo un buche de salsa y tortilla y bajó la voz:

—Ya sé que respetas mucho la memoria de tu mamacita, y yo, pues ni se diga, pero esto de mantener dos casas cuando pudiéramos vivir todos juntos y ahorrarnos una renta… Está bueno, no dije nada. Pero ahora dime, ¿entonces por qué no viven con tus suegros?

—Ya ves cómo es doña Concha. Todo el día jeringa que si Ana nació para esto o para lo otro. Ya sabes que por eso nos salimos de su casa.

—Pues si quieres tu independencia, a fletarse. No te preocupes. Ya se me ocurrirá algo.

Clemencia se limpió los ojos con el delantal y tomó asiento entre el padre y el hijo.

—¿Dónde están los niños? —preguntó.

—Con los papás de Ana —contestó Salvador—. Van a pasar una temporada allí mientras ella se cura.

Pedro dijo que iba a llevar al patrón a Acapulco. —Si necesitas algo, busca a Clemencia. Ya sé. Vete a ver a mi amigo Juan Olmedo. Es cuate viejo y tiene una flotilla de ruleteo. Yo le hablo por teléfono para decirle que vas.

Besó la mano de su padre y salió.

Abrió la puerta de vidrio opaco y entró a un recibidor donde estaban una secretaria y un ayudante contable y había muebles de acero, una máquina de escribir y una sumadora. Dijo quién era y la secretaria entró al privado del señor Olmedo y después lo hizo pasar. Era un hombre flaco y muy pequeño y los dos se sentaron en los sillones de cuero frente a una mesa baja con fotos de banquetes y ceremonias y un vidrio encima. Salvador le dijo que necesitaba trabajo para complementar el sueldo de maestro y Olmedo se puso a hurgar entre sus grandes cuadernos negros.

—Estás de suerte —dijo al rascarse la oreja puntiaguda y llena de pelo—. Aquí hay un horario muy bueno de siete a 12 de la noche. Andan muchos detrás de esta chamba, porque yo protejo a mis trabajadores. —Cerró de un golpe el libraco—. Pero como tú eres hijo de mi viejo cuate Pedrito, pues te la voy a dar a ti. Vas a empezar hoy mismo. Si trabajas duro, puedes sacar hasta 20 pesos diarios.

Durante algunos segundos, sólo escuchó el tactactac de la máquina sumadora y el zumbido de los motores por la avenida 20 de Noviembre. Olmedo dijo que tenía que salir y lo invitó a que lo acompañara. Bajaron sin hablar en el elevador y, al llegar a la calle, Olmedo le advirtió que debía dar banderazo cada vez que el cliente se detenía a hacer un encarguito, porque había cada tarugo que por un solo banderazo paseaba al cliente una hora por todo México. Lo tomó del codo y entraron al Departamento del Distrito Federal y subieron por las escaleras y Olmedo siguió diciendo que le prohibía subir a toda la gente que iba por el camino.

—Dejadita por aquí, dejadita por allá y al rato ya cruzaste de la Villa al Pedregal por un solo banderazo de 1.50. ¡Si serán de a tiro…!

Olmedo le ofreció gomitas azucaradas a una secretaria y pidió que lo introdujera al despacho del jefe. La señorita agradeció los dulces y entró al privado del funcionario y Olmedo hizo chistes con los demás empleados y los invitó a tomarse unas cervezas el sábado y jugar dominó después. Salvador le dio la mano y las gracias y Olmedo le dijo:

—¿Traes la licencia en regla? No quiero líos con Tránsito. Preséntate hoy en la noche, antes de las siete. Busca allá abajo a Toribio, el encargado de dar las salidas. Él te dirá cuál es tu coche. Nada de dejaditas de a peso, ya sabes; se amuelan las portezuelas. Y nada de un solo banderazo por varias dejadas. Apenas se baje el cliente del coche, aunque sea para escupir en la calle, tú vuelves a marcar. Salúdame al viejo.

Miró el reloj de Catedral. Eran las 11. Caminó un rato por La Merced y se divirtió viendo las cajas llenas de jitomates, naranjas y calabazas. Se sentó a fumar un rato en la plaza, junto a los cargadores que bebían cervezas y hojeaban los diarios deportivos. Se aburrió y caminó hasta San Juan de Letrán. Delante de él caminaba una muchacha. Se le cayó un paquete de los brazos y Salvador se apresuró a recogerlo y ella le sonrió y le dio las gracias. El joven le apretó el brazo y le dijo:

—¿Nos tomamos una limonada?

—Perdone, señor, no acostumbro…

—Dispénseme a mí. No quería hacerme el confianzudo.

La muchacha siguió caminando con pasos pequeños y veloces. Contoneaba la cadera y llevaba una falda blanca. Miraba de reojo los aparadores. Salvador la siguió de lejos. Luego ella se detuvo ante un carrito de nieves y pidió una paleta de fresa y Salvador se adelantó a pagar y ella sonrió y le dio las gracias. Entraron a una refresquería y se sentaron en una caballeriza y pidieron dos Sidrales. Ella le preguntó qué hacía y él le pidió que adivinara y empezó a mover los puños como boxeador y ella dijo que era boxeador y él se rió y le contó que de muchacho se entrenó mucho en el "Plan Sexenal" pero que en realidad era maestro. Ella le contó que trabajaba en la taquilla de un cine. Movió el brazo y volcó la botella de Sidral y los dos rieron mucho.

Tomaron juntos un camión. No hablaron. Él la tomó de la mano y descendieron frente al Bosque de Chapultepec. Los automóviles recorrían lentamente las avenidas del parque. Había muchos convertibles llenos de gente joven. Pasaban muchas mujeres arrastrando, abrazando o empujando niños. Los niños chupaban paletas y nubes de algodón azucarado. Se oían pitos de globeros y la música de una banda en la pérgola. La muchacha le dijo que le gustaba adivinar la ocupación de las gentes que se paseaban por Chapultepec. Rió y fue indicando con el dedo: saco negro o camisola abierta, zapato de cuero o sandalia, falda de algodón o blusa de lentejuela, camiseta a rayas, tacón de charol: dijo que eran carpintero, electricista, empleada, repartidor, maestro, criada, merolico. Llegaron al lago y tomaron una lancha. Salvador se quitó la chamarra y se enrolló las mangas. La muchacha metió los dedos en el agua y cerró los ojos. Salvador chifló a medias varias melodías mientras remaba. Se detuvo y tocó la rodilla de la muchacha. Ella abrió los ojos y se arregló la falda. Regresaron al muelle y ella dijo que tenía que irse a comer a su casa. Quedaron en verse al día siguiente a las 11, cuando cerraba la taquilla del cine.

Entró al Kiko's y buscó entre las mesas de tubo y linóleo a sus amigos. Vio de lejos al ciego Macario y se fue a sentar con él. Macario le pidió que metiera un 20 en la sinfonola y al rato llegó Alfredo y los tres pidieron tacos de pollo con guacamole y cervezas y escucharon la canción que decía "La muy ingrata, se fue y me dejó, sin duda por otro más hombre que yo." Hicieron lo de siempre, que era recordar su adolescencia y hablar de Rosa y Remedios, las muchachas más bonitas del barrio. Macario los picó para que hablaran. Alfredo dijo que los chamacos de hoy sí eran muy duros, de cuchillo y toda la cosa. Ellos no. Viéndolo bien, eran bastante bobos. Recordó cuando la pandilla del Poli los retó a un partido de futbol nada más para patearles las rodillas y todo terminó en encuentro de box allá en el lote vacío de la calle de Mirto, y Macario se presentó con un bate de beisbol y los del Poli se quedaron fríos al ver cómo les pegaba el ciego con el bate. Macario dijo que desde entonces todos lo aceptaron como cuate y Salvador dijo que fue sobre todo por esas caras que hacía, girando los ojos en blanco y jalándose las orejas para atrás, como para troncharse de la risa. Macario dijo que el que se moría de la risa era él, porque desde los 10 años su papá le dijo que no se preocupara, que no tendría que trabajar nunca, que al cabo la jabonera de la que era dueño iba bien, de manera que Macario se dedicó a cultivar su físico para defenderse. Dijo que el radio había sido su escuela y que de allí había sacado sus bromas y sus voces. Luego recordaron a su cuate Raimundo y dejaron de hablar un rato y pidieron más cervezas y Salvador miró hacia la calle y dijo que él y Raimundo caminaban juntos de noche, durante la época de exámenes, de regreso a sus casas, y Raimundo le pedía que le explicara bien todo ese enredo del álgebra y luego se detenía un rato en la esquina de Sullivan y Ramón Guzmán, antes de separarse, y Raimundo decía:

—¿Sabes una cosa? Me da como miedo pasar de esta cuadra. Aquí como que termina el barrio. Más lejos ya no sé qué pasa. Tú eres mi cuate y por esto te lo cuento. Palabra que me da miedo pasar de esta cuadra.

Y Alfredo recordó que cuando se recibió, la familia le regaló el automóvil viejo y todos se fueron a celebrar en grande recorriendo los cabarets baratos de la ciudad. Iban muy tomados y Raimundo dijo que Alfredo no sabía manejar bien y comenzó a forcejear para que Alfredo le dejara el volante y el coche por poco se voltea en una glorieta de la Reforma y Raimundo dijo que quería guacarear y la portezuela se abrió y Raimundo cayó a la avenida y se rompió el cuello.

Pagaron y se despidieron.

Dio las tres clases de la tarde y acabó con los dedos manchados de tiza después de dibujar el mapa de la república en el pizarrón. Cuando terminó el turno y salieron los niños, caminó entre los pupitres y se sentó en la última banca. El único foco colgaba de un largo cordón. Se quedó mirando los trazos de color que indicaban las sierras, las vertientes tropicales, los desiertos y la meseta. Nunca había sido buen dibujante: Yucatán resultaba demasiado grande, Baja California demasiado corta. El salón olía a serrín y mochilas de cuero. Cristóbal, el maestro del quinto año, asomó por la puerta y le dijo: —¿Qué hay?

Salvador caminó hasta el pizarrón y borró el mapa con un trapo mojado. Cristóbal sacó un paquete de cigarrillos y los dos fumaron y el piso crujía mientras acomodaban los pedazos de tiza en su caja. Se sentaron a esperar y al rato entraron otros maestros y después el director Durán.

El director se sentó en la silla del estrado y los demás en los pupitres y el director los miró a todos con los ojos negros y todos lo miraron a él con su cara morena y su camisa azul y su corbata morada. El director dijo que nadie se moría de hambre y que todo el mundo pasaba trabajo y los maestros se enojaron y uno dijo que ponchaba boletos en un camión después de dar dos turnos y otra que trabajaba de noche en una lonchería de Santa María la Redonda y otra que tenía una miscelánea puesta con sus ahorros y sólo había venido por solidaridad. Durán les dijo que iban a perder la antigüedad, las pensiones y de repente hasta los puestos y les pidió que no se expusieran. Todos se levantaron y salieron y Salvador vio que ya eran las seis y media y corrió a la calle, cruzó corriendo entre el tráfico y abordó un camión.

Bajó en el Zócalo y caminó a la oficina de Olmedo. Toribio le dijo que a las siete entregaban el coche que iba a manejar y que se esperara un rato. Salvador se arrimó a la caseta de despacho y abrió un mapa de la Ciudad de México. Lo estuvo estudiando y después lo cerró y revisó los cuadernos cuadriculados de aritmética.

—¿Qué es mejor? ¿Ruletear en el centro o en las colonias? —le preguntó a Toribio.

—Pues lejos del centro vas más de prisa pero también gastas más gasolina. Recuerda que el combustible lo pagas tú.

Salvador rió. —Puede que en las puertas de los hoteles haya gringos que den buenas propinas.

—Ahí viene tu carro —le dijo Toribio desde la caseta.

—¿Tú eres el nuevo? —gritó el chofer gordinflón que lo tripulaba. Se secó el sudor de la frente con un trapo y se bajó del automóvil—. Ahí lo tienes. Métele suavecito la primera que a ratos se atranca. Cierra tú mismo las puertas o te las rechingan. Ahí te lo encargo.

Salvador se sentó frente a la dirección y guardó los cuadernos en la cajuela. Pasó el trapo por el volante grasoso. El asiento estaba caliente. Se bajó y pasó el trapo por el parabrisas. Subió otra vez y arregló el espejo a la altura de los ojos. Arrancó. Levantó la bandera. Le sudaban las manos. Tomó por 20 de Noviembre. En seguida lo detuvo un hombre y le ordenó que lo llevara al cine Cosmos.

El hombre bajó frente al cine y Cristóbal asomó por la ventanilla y dijo: —Qué milagro. —Salvador le preguntó qué hacía y Cristóbal dijo que iba a la imprenta del señor Flores Carranza en la Ribera de San Cosme y Salvador se ofreció a llevarlo, y Cristóbal subió al taxi, pero dijo que no era dejada de cuate: le pagaría. Salvador rió y dijo que no faltaba más. Platicaron del box y quedaron en ir juntos a la Arena México el viernes. Salvador le contó de la muchacha que conoció esa mañana. Cristóbal empezó a hablar de los alumnos del quinto año y llegaron a la imprenta y Salvador estacionó y bajaron.

Entraron por la puerta estrecha y siguieron por el largo corredor oscuro. La imprenta estaba al fondo y el señor Flores Carranza los recibió y Cristóbal preguntó si ya estaban listas las hojas. El impresor se quitó la visera y afirmó con la cabeza y le mostró la hoja de letras negras y rojas llamando a la huelga. Los dependientes entregaron los cuatro paquetes. Salvador tomó dos paquetes y se adelantó mientras Cristóbal liquidaba la cuenta.

Caminó por el corredor largo y oscuro. De lejos, le llegó el ruido de los automóviles que circulaban por la Ribera de San Cosme. A la mitad del corredor sintió una mano sobre el hombro y alguien dijo: —Despacito, despacito.

—Dispense —dijo Salvador—. Es que esto está muy oscuro.

—¿Oscuro? Si se va a poner negro.

El hombre se metió un cigarrillo entre los labios y sonrió y Salvador sólo dijo: —Buenas noches, señor—, pero la mano volvió a caerle sobre el hombro y el tipo dijo que él debía ser el único maestrito de éstos que no lo conocía y Salvador empezó a enojarse y dijo que llevaba prisa y el tipo dijo: —El D. M., ¿sabes? Ése soy yo.

Salvador vio que cuatro cigarrillos se encendieron en la boca del corredor, a la entrada del edificio, y apretó los paquetes contra el pecho y miró hacia atrás y otro cigarrillo se encendió frente a la entrada de la imprenta.

—El D. M., el Desmadre. ¡Cómo no! ¡Sí has de haber oído platicar de mí!

Salvador empezó a ver en la oscuridad y distinguió el sombrero del tipo y la mano que tomó uno de los paquetes.

—Ya estuvo suave de presentaciones. D'acá las letras, maistrito.

Salvador se zafó de la mano y retrocedió unos pasos. El cigarrillo de atrás avanzaba. Una corriente húmeda se colaba por el corredor, a la altura de los tobillos. Salvador miró a su alrededor.

—Déjenme pasar.

—Vengan esos volantes.

—Van conmigo, maje.

Sintió el fuego del cigarrillo de atrás muy cerca de la nuca. Luego el grito de Cristóbal. Arrojó un paquete y pegó con el brazo libre sobre el rostro del tipo. Sintió el cigarrillo aplastado y la punta ardiente en el puño. Y luego vio el rostro manchado de saliva roja que se acercaba. Salvador giró con los puños cerrados y vio la navaja y luego la sintió en el estómago.

El hombre retiró lentamente la navaja y castañeteó los dedos y Salvador cayó con la boca abierta.

Un alma pura

A Berta Maldonado

Mais les manœuvres inconscientes d'une âme pure sont
encore plus singulières que les combinaisons du vice.
RAYMOND RADIGUET,
Le Bal du Comte d'Orgel

Juan Luis. Pienso en ti cuando tomo mi lugar en el autobús que me llevará de la estación al aeropuerto. Me adelanté a propósito. No quiero conocer desde antes a las personas que realmente volarán con nosotros. Éste es el pasaje de un vuelo de Alitalia a Milán; sólo dentro de una hora deberán abordar el autobús los viajeros de Air France a París, Nueva York y México. Es que temo llorar, descomponerme o hacer algo ridículo y después soportar miradas y comentarios durante 16 horas. Nadie tiene por qué saber nada. Tú también lo prefieres así, ¿no es cierto? Yo siempre pensaré que fue un acto secreto, que no lo hiciste por... No sé por qué pienso estas cosas. No tengo derecho a explicar nada en tu nombre. Y, quizá, tampoco en el mío. ¿Cómo voy a saber, Juan Luis? ¿Cómo voy a ofendernos afirmando o negando que quizás, en ese instante, o durante un largo tiempo —no sé cómo ni cuándo lo decidiste; posiblemente desde la infancia; ¿por qué no?— fueron el despecho, el dolor, la nostalgia o la esperanza tus motivos? Hace frío. Está soplando ese viento helado de las montañas que pasa como un hálito de muerte sobre la ciudad y el lago. Me cubro la mitad del rostro con las solapas del abrigo para retener mi propio calor, aunque el autobús ya se ha calentado y ahora arranca suavemente, envuelto también en su vaho. Salimos de la estación de Cornavin por un túnel y yo sé que no veré más el lago y los puentes de Ginebra, pues el autobús desemboca a la carretera a espaldas de la estación y sigue alejándose del Léman, rumbo al aeropuerto. Pasamos por la parte fea de la ciudad, donde viven los trabajadores de temporada llegados de Italia, de Alemania y de Francia a este paraíso donde no cayó una sola bomba, donde nadie fue torturado o asesinado o engañado. El propio autobús da esa sensación de pulcritud, de orden y de bienestar que tanto te llamó la atención desde que llegaste y ahora que limpio con la mano la ventanilla empañada y veo estas casas pobretonas pienso que, a pesar de todo, no se ha de vivir mal en ellas. Suiza termina por confortarnos demasiado, decías en una carta; perdemos el sentido de los extremos que en nuestro país son visibles e insultantes. Juan Luis: en tu última carta no necesitabas decirme —lo comprendo sin haberlo vivido: ése fue siempre nuestro lazo de unión— que ese orden de todo lo exterior —la puntualidad de los trenes, la honradez en el trato, la previsión del trabajo y el ahorro a lo largo de la vida— estaba exigiendo un desorden interno que lo compensara. Me estoy riendo, Juan Luis; detrás de una mueca que lucha por retener las lágrimas, empiezo a reír y todos los pasajeros a mirarme y a murmurar entre ellos; es lo que deseaba evitar; menos mal que éstos son los que van a Milán. Río pensando que saliste del orden de nuestra casa en México al desorden de tu libertad en Suiza. ¿Me entiendes? De la seguridad en el país de los puñales ensangrentados a la anarquía en el país de los relojes cucú. Dime si no tiene gracia. Perdón. Ya pasó. Trato de calmarme viendo las cumbres nevadas de los Jura, ese enorme acantilado gris que ahora busca en vano su reflejo en las aguas que de él nacieron. Tú me escribiste que en verano el lago es el ojo de los Alpes: los refleja, pero los transforma en una vasta catedral sumergida y decías que al arrojarte al agua buceabas en busca de las montañas. ¿Sabes que tengo tus cartas conmigo? Las leí en el avión que me trajo de México y durante los días que he estado en Ginebra, durante los momentos libres que tuve. Y ahora las leeré de regreso. Sólo que en este viaje tú me acompañas.

Hemos viajado tanto juntos, Juan Luis. De niños íbamos todos los fines de semana a Cuernavaca, cuando mis papás todavía tenían esa casa cubierta de buganvilia. Me enseñaste a nadar y a montar en bicicleta. Nos íbamos los sábados en la tarde en bicicleta al pueblo y todo lo conocí por tus ojos. "Mira, Claudia, los volantines, mira, Claudia, miles de pájaros en los árboles, mira, Claudia, las pulseras de plata, los sombreros de charro, las nieves de limón, las estatuas verdes, ven, Claudia, vamos a la rueda de la fortuna." Y para las fiestas de Año Nuevo, nos llevaban a Acapulco y tú me despertabas muy de madrugada y corríamos a la playa de Hornos porque sabías que esa hora del mar era la mejor: sólo entonces los caracoles y los pulpos, las maderas negras y esculpidas, las botellas viejas, aparecían, arrojados por la marea y tú y yo juntábamos todo lo que podíamos, aunque ya sabíamos que después no nos permitirían llevarlo a México y, realmente, esa cantidad de cosas inútiles no cabían en el coche. Es curioso que cada vez que deseo recordar cómo eras a los 10, a los 13, a los 15 años, piense inmediatamente en Acapulco. Será porque durante el resto del año cada uno iba a su escuela y sólo en la costa, y festejando precisamente el paso de un año a otro, todas las horas del día eran nuestras. Allí representábamos. En los castillos de roca donde yo era una prisionera de los ogros y tú subías con una espada de palo en la mano, gritando y batiéndote con los monstruos imaginarios para liberarme. En los galeones piratas —un esquife de madera— donde yo esperaba aterrada a que terminaras de batirte en el mar con los tiburones, que me amenazaban. En las selvas tupidas de Pie de la Cuesta, por donde avanzábamos tomados de la mano, en busca del tesoro secreto indicado en el plano que encontramos dentro de una botella. Acompañabas tus acciones tarareando una música de fondo inventada en el momento: dramática, en clímax perpetuo. Capitán Sangre, Sandokan, Ivanhoe: tu personalidad cambiaba con cada aventura; yo era siempre la princesa amenazada, sin nombre, idéntica a su nebuloso prototipo.

Sólo hubo un vacío: cuando tú cumpliste 15 y yo sólo tenía 12 y te dio vergüenza andar conmigo. Yo no entendí, porque te vi igual que siempre: delgado, fuerte, quemado, con el pelo castaño y rizado y enrojecido por el sol. Pero al año siguiente nos emparejamos y anduvimos juntos otra vez, ahora no recogiendo conchas o inventando aventuras, sino buscando la prolongación de un día que empezaba a parecernos demasiado corto y de una noche que nos vedaban, se convertía en nuestra tentación y era idéntica a las nuevas posibilidades de una vida recién descubierta, recién estrenada. Caminábamos por el farallón después de la cena, tomados de la mano, sin hablar, sin mirar a los grupos que tocaban la guitarra alrededor de las fogatas o a las parejas que se besaban entre las rocas. No necesitábamos decir que los demás nos daban pena. Porque no necesitábamos decir que lo mejor del mundo era caminar juntos de noche, tomados de la mano, sin decir palabra, comunicándonos en silencio esa cifra, ese enigma que jamás, entre tú y yo, fue motivo de una burla o de una pedantería. Éramos serios sin ser solemnes, ¿verdad? Y posiblemente nos ayudábamos sin saberlo, de una manera que nunca he podido explicar bien, pero que tenía que ver con la arena caliente bajo nuestros pies descalzos, con el silencio del mar en la noche, con el roce de nuestras caderas mientras caminábamos, con tus nuevos pantalones blancos largos y entallados, con mi nueva falda roja y amplia: habíamos cambiado todo nuestro guardarropa y habíamos escapado de las bromas, las vergüenzas y la violencia de nuestros amigos. Sabes, Juan Luis, que muy pocos dejaron de tener 14 años —esos 14 años que no eran los nuestros—. El machismo es tener 14 años toda la vida; es un miedo cruel. Tú lo sabes, porque tampoco lo pudiste evitar. En cambio, a medida que nuestra infancia quedaba atrás y tú probabas todas las experiencias comunes a tu edad, quisiste evitarme a mí. Por eso te entendí cuando, después de años de no hablarme casi (pero te espiaba desde la ventana, te veía salir en un convertible lleno de amigos, llegar tarde y con náusea), cuando yo entré a Filosofía y Letras y tú a Economía, me buscaste, no en la casa, como hubiese sido natural, sino en la facultad de Mascarones y me invitaste a tomar un café en aquel sótano caluroso y lleno de estudiantes, una tarde.

Me acariciaste la mano y dijiste: —Perdóname, Claudia.

Yo sonreí y pensé que, de un golpe, regresaban todos los momentos de nuestra infancia, pero no para prolongarse, sino para encontrar un remate, un reconocimiento singular que al mismo tiempo los dispersaba para siempre.

—¿De qué? —te contesté—. Me da gusto que volvamos a hablar. No hace falta más. Nos hemos visto todos los días, pero era como si el otro no estuviera presente. Ahora me da gusto que volvamos a ser amigos, como antes.

—Somos más que amigos, Claudia. Somos hermanos.

—Sí, pero eso es un accidente. Ya ves, siendo hermanos nos hemos querido mucho de niños y después ni siquiera nos hemos hablado.

—Voy a irme, Claudia. Ya se lo dije a mi papá. No está de acuerdo. Cree que debo terminar la carrera. Pero yo necesito irme.

—¿A dónde?

—Conseguí un puesto en las Naciones Unidas en Ginebra. Allí puedo seguir estudiando.

—Haces bien, Juan Luis.

Me dijiste lo que ya sabía. Me dijiste que no aguantabas más los prostíbulos, la enseñanza de memoria, la obligación de ser macho, el patriotismo, la religión de labios para afuera, la falta de buenas películas, la falta de verdaderas mujeres, compañeras de tu misma edad que vivieran contigo… Fue todo un discurso, dicho en voz muy baja sobre esa mesa del café de Mascarones.

—Es que no se puede vivir aquí. Te lo digo en serio. Yo no quiero servir ni a dios ni al diablo; quiero quemar los dos cabos. Y aquí no puedes, Claudia. Si sólo quieres vivir, eres un traidor en potencia; aquí te obligan a servir, a tomar posiciones, es un país sin libertad de ser uno mismo. No quiero ser gente decente. No quiero ser cortés, mentiroso, muy macho, lambiscón, fino y sutil. Como México no hay dos… por fortuna. No quiero seguir de burdel en burdel. Luego, para toda la vida, tienes que tratar a las mujeres con un sentimentalismo brutal y dominante porque nunca llegaste a entenderlas. No quiero.

—¿Y mamá qué dice?

—Llorará. No tiene importancia. Llora por todo, ¿a poco no?

—¿Y yo, Juan Luis?

Sonrió infantilmente: —Vendrás a visitarme, Claudia, ¡jura que vendrás a verme!

No sólo vine a verte. Vine a buscarte, a llevarte de regreso a México. Y hace cuatro años, al despedirnos, sólo te dije:

—Recuérdame mucho. Busca la manera de estar siempre conmigo.

Sí, me escribiste rogándome que te visitara; tengo tus cartas. Encontraste un cuarto con baño y cocina en el lugar más bonito de Ginebra, la Place du Bourg-de-Four. Escribiste que estaba en un cuarto piso, en el centro de la parte vieja de la ciudad, desde donde podías ver los techos empinados, las torres de las iglesias, las ventanillas y los tragaluces estrechos y más allá el lago que se perdía de vista, que llegaba hasta Vevey y Montreux y Chillon. Tus cartas estaban llenas del goce de la independencia. Tenías que hacer tu cama y barrer y prepararte el desayuno y bajar a la lechería de al lado. Y tomabas la copa en el café de la plaza. Hablaste tanto de él. Se llama La Clémence y tiene un toldo con franjas verdes y blancas y allí se da cita toda la gente que vale la pena frecuentar en Ginebra. Es muy estrecho; apenas seis mesas frente a una barra donde las empleadas sirven cassis vestidas de negro y a todo mundo le dicen "M'sieudame". Ayer me senté a tomar un café y estuve mirando a todos esos estudiantes con bufandas largas y gorras universitarias, a las muchachas hindúes con los saris descompuestos por los abrigos de invierno, a los diplomáticos con rosetas en las solapas, a los actores que huyen de los impuestos y se refugian en un chalet a orillas del lago, a las jóvenes alemanas, chilenas, belgas, tunecinas, que trabajan en la OIT. Escribiste que había dos Ginebras. La ciudad convencional y ordenada que Stendhal describió como una flor sin perfume; la habitan los suizos y es el telón de fondo de la otra, la ciudad de paso y exilio, la ciudad extranjera de encuentros accidentales, de miradas y conversaciones inmediatas, sin sujeción a las normas que los suizos se han dado liberando a los demás. Tenías 23 años al llegar aquí, y me imagino tu entusiasmo.

"Pero basta de eso (escribiste). Te tengo que decir que estoy tomando un curso de literatura francesa y allí conocí... Claudia, no te puedo explicar lo que siento y ni siquiera trato de hacerlo porque tú siempre me has comprendido sin necesidad de palabras. Se llama Irene y no sabes cómo es de guapa y lista y simpática. Ella estudia la carrera de letras aquí y es francesa; qué curioso, estudia lo mismo que tú. Quizá por eso me gustó en seguida. Ja ja." Creo que duró un mes. No recuerdo. Fue hace cuatro años. "Marie-José habla demasiado, pero me entretiene. Fuimos a pasar el fin de semana a Davos y me puso en ridículo porque es una esquiadora formidable y yo no doy una. Dicen que hay que aprender desde niño. Te confieso que se me apretó y los dos regresamos a Ginebra el lunes como salimos el viernes, nada más que yo con un tobillo torcido. ¿No te da risa?" Luego llegó la primavera. "Doris es inglesa y pinta. Me parece que tiene verdadero talento. Aprovechamos las vacaciones de Pascua para irnos a Wengen. Dice que hace el amor para que su subconsciente trabaje y salta de la cama a pintar sus gouaches con el picacho blanco de la Jungfrau enfrente. Abre las ventanas y respira hondo y pinta desnuda mientras yo tiemblo de frío. Se ríe mucho y dice que soy un ser tropical y subdesarrollado y me sirve kirsch para que me caliente." Doris me dio risa durante el año que se estuvieron viendo. "Me hace falta su alegría, pero decidió que un año en Suiza era bastante y se fue con sus cajas y sus atriles a vivir a la isla de Miconos. Mejor. Me divertí, pero no es una mujer como Doris lo que me interesa." Una se fue a Grecia y otra llegó de Grecia. "Sophia es la mujer más bella que he conocido, te lo juro. Ya sé que es un lugar común, pero parece una de las Cariátides. Aunque no en el sentido vulgar. Es una estatua porque la puedes observar desde todos los ángulos: la hago girar, desnuda, en el cuarto. Pero lo importante es el aire que la rodea, el espacio alrededor de la estatua, ¿me entiendes? El espacio que *ocupa* y que le permite ser bella. Es oscura, tiene las cejas muy espesas y mañana, Claudia, se va con un tipo riquísimo a la Costa Azul. Desolado, pero satisfecho, tu hermano que te quiere, Juan Luis."

Y Christine, Consuelo, Sonali, Marie-France, Ingrid… Las referencias fueron cada vez más breves, más desinteresadas. Diste en preocuparte por el trabajo y hablar mucho de tus compañeros, de sus tics nacionales, de sus relaciones contigo, del temario de las conferencias, de sueldos, viajes y hasta pensiones de retiro. No querías decirme que ese lugar, como todos, acaba por crear sus tranquilas convenciones y que tú ibas cayendo en las del funcionario internacional. Hasta que llegó una tarjeta con la panorámica de Montreux y tu letra apretada contando de la comida en un restaurante fabuloso y lamentando mi ausencia con dos firmas, tu garabato y un nombre ilegible pero cuidadosamente repetido, debajo, en letras de molde: Claire.

Ah, sí, lo fuiste graduando. No la presentaste como a las otras. Primero fue un nuevo trabajo que te iban a encomendar. Después que se relacionaba con la siguiente sesión de un consejo. En seguida que te gustaba tratar con nuevos compañeros pero sentías nostalgia de los viejos. Luego que lo más difícil era acostumbrarse a los oficiales de documentos que no conocían tus hábitos. Por fin que habías tenido suerte en trabajar con un oficial "compatible" y en la siguiente carta: se llama Claire. Y tres meses antes me habías enviado la tarjeta desde Montreux. Claire, Claire, Claire.

Te contesté: "Mon ami Pierrot." ¿Ya no ibas a ser franco conmigo? ¿Desde cuándo *Claire*? Quería saberlo todo. Exigía saberlo todo. Juan Luis, ¿no éramos los mejores amigos antes de ser hermanos? No escribiste durante dos meses. Entonces llegó un sobre con una foto adentro. Tú y ella con el alto surtidor detrás, y el lago en verano; tú y ella apoyados contra la baranda. Tu brazo alrededor de su cintura. Ella, tan mona, con el suyo sobre el cantero lleno de flores. Pero la foto no era buena. Resultaba difícil juzgar el rostro de Claire. Delgada y sonriente, sí, una especie de Marina Vlady más flaca pero con el mismo pelo liso, largo y rubio. Con tacones bajos. Un suéter sin mangas. Escotado.

Lo aceptaste sin explicarme nada. Primero las cartas contando hechos. Ella vivía en una pensión de la Rue Émile Jung. Su padre era ingeniero, viudo y trabajaba en Neuchatel. Tú y Claire iban a nadar juntos a la playa. Tomaban té en La Clémence. Veían viejas películas francesas en un cine de la Rue Mollard. Cenaban los sábados en el Plat d'Argent y cada uno pagaba su cuenta. Entre semana, se servían en la cafetería del Palacio de las Naciones. A veces tomaban el tranvía y se iban a Francia. Hechos y nombres, nombres, nombres como en una guía: Quai des Berges, Grand' Rue, Cave à Bob, Gare de

Cornavin, Auberge de la Mére Royaume, Champelle, Boulevard des Bastions.

Después, conversaciones. El gusto de Claire por algunas películas, ciertas lecturas, los conciertos, y más nombres, ese río de sustantivos de tus cartas (*Drôle de Drame* y *Les Enfants du Paradis*, Scott Fitzgerald y Raymond Radiguet, Schumann y Brahms) y luego Claire dijo, Claire opina, Claire intuye. Los personajes de Carné viven la libertad como una conspiración vergonzosa. Fitzgerald inventó las modas, los gestos y las decepciones que nos siguen alimentando. El *Réquiem alemán* celebra todas las muertes profanas. Sí, te contesté. Orozco acaba de morir y en Bellas Artes hay una gigantesca retrospectiva de Diego. Y más vueltas, todo transcrito, como te lo pedí.

—Cada vez que lo escucho, me digo que es como si nos diéramos cuenta que es necesario consagrar todo lo que hasta ahora ha sido condenado, Juan Luis; voltear el guante. ¿Quién nos mutiló, mi amor? Hay tan poco tiempo para recuperar todo lo que nos han robado. No, no me propongo nada, ¿ves? No hagamos planes. Creo lo mismo que Radiguet: "las maniobras inconscientes de un alma pura son aún más singulares que las combinaciones del vicio".

¿Qué te podía contestar? Aquí lo de siempre, Juan Luis. Papá y mamá están tristísimos de que no nos acompañes para las bodas de plata. Papá ha sido ascendido a vicepresidente de la aseguradora y dice que es el mejor regalo de aniversario. Mamá, pobrecita, cada día inventa más enfermedades. Empezó a funcionar el primer canal de televisión. Estoy preparando los exámenes de tercer año. Sueño un poco con todo lo que tú vives; me hago la ilusión de encontrarlo en los libros. Ayer le contaba a

Federico todo lo que haces, ves, lees y oyes y pensamos que, quizás, al recibirnos podríamos ir a visitarte. ¿No piensas regresar algún día? Podías aprovechar las siguientes vacaciones, ¿no?

Escribiste que el otoño era distinto al lado de Claire. Salían a caminar mucho los domingos, tomados de la mano, sin hablar; quedaba en los parques un aroma final de jacintos podridos pero ahora el olor de hojas quemadas los perseguía durante esos largos paseos que te recordaban los nuestros por la playa hace años, porque ni tú ni Claire se atrevían a romper el silencio, por más cosas que se les ocurrieran, por más sugerencias que adelantara ese enigma de las estaciones quebradas en sus orillas, en su contacto de jazmines y hojas secas. Al final, el silencio. Claire, Claire —me escribiste a mí—, lo has entendido todo. Tengo lo que tuve siempre. Ahora lo puedo poseer. Ahora he vuelto a encontrarte, Claire.

Dije otra vez en mi siguiente carta que Federico y yo estábamos preparando juntos un examen y que iríamos a pasar el fin de año en Acapulco. Pero lo taché antes de enviarte la carta. En la tuya no preguntabas quién era Federico —y si pudieras hacerlo hoy, no sabría contestar—. Cuando llegaron las vacaciones, dije que no me pasaran más sus llamadas; ya no tuve que verlo en la escuela; fui sola, con mis papás, a Acapulco. No te conté nada de eso. Te dejé de escribir durante varios meses, pero tus cartas siguieron llegando. Ese invierno, Claire se fue a vivir contigo al cuarto de Bourg-de-Four. Para qué recordar las cartas que siguieron. Ahí vienen en la bolsa. "Claire, todo es nuevo. Nunca habíamos estado juntos al amanecer. Antes, esas horas no contaban; eran una parte muerta del día y ahora son las que no cambiaría por nada. Hemos vivido tan unidos siempre, durante las caminatas, en el cine, en los restaurantes, en la playa, fingiendo aventuras, pero siempre vivíamos en cuartos distintos. ¿Sabes todo lo que hacía, solitario, pensando en ti? Ahora no pierdo esas horas. Paso toda la noche detrás de ti, con los brazos alrededor de tu cintura, con tu espalda pegada a mi pecho, esperando que amanezca. Tú ya sabes y me das la cara y me sonríes con los ojos cerrados. Claire, mientras yo aparto la sábana, olvido los rincones que tú has entibiado toda la noche y te pregunto si no es esto lo que habíamos deseado siempre, desde el principio, cuando jugábamos y caminábamos en silencio y tomados de la mano. Teníamos que acostarnos bajo el mismo techo, en nuestra propia casa, ¿verdad? ¿Por qué no me escribes, Claudia? Te quiere, Juan Luis."

Quizá recuerdes mis bromas. No era lo mismo quererse en una playa o en un hotel rodeado de lagos y nieve que vivir juntos todos los días. Además, trabajaban en la misma oficina. Acabarían por aburrirse. La novedad se perdería. Despertar juntos. No era muy agradable, en realidad. Ella verá cómo te lavas los dientes. Tú la verás desmaquillarse, untarse cremas, ponerse las ligas… Creo que has hecho mal, Juan Luis. ¿No ibas en busca de la independencia? ¿Para qué te has echado esa carga encima? En ese caso, más te hubiera valido quedarte en México. Pero por lo visto es difícil huir de las convenciones en las que nos han criado. En el fondo, aunque no hayas cumplido las formas, estás haciendo lo que papá y mamá y todos siempre han esperado de ti. Te has convertido en un hombre ordenado. Tanto que nos divertimos con Doris y Sophia y Marie-José. Lástima.

No nos escribimos durante un año y medio. Mi vida no cambió para nada. La carrera se volvió un poco inútil, repetitiva. ¿Cómo te van a *enseñar* literatura? Una vez que me pusieron en contacto con algunas cosas, supe que me correspondía volar sola, leer y escribir y estudiar por mi cuenta y sólo seguí asistiendo a clases por disciplina, porque tenía que terminar lo que había empezado. Se vuelve tan idiota y tan pedante que le sigan explicando a uno lo que ya sabe a base de esquemas y cuadros sintéticos. Es lo malo de ir por delante de los maestros, y ellos lo saben pero lo ocultan, para no quedarse sin chamba. Íbamos entrando al romanticismo y yo ya estaba leyendo a Firbank y Rolfe y hasta había descubierto a William Golding. Tenía un poco asustados a los profesores y mi única satisfacción en esa época eran los elogios en la facultad: Claudia es una promesa. Me encerré cada vez más en mi cuarto, lo arreglé a mi gusto, ordené mis libros, colgué mis reproducciones, instalé mi tocadiscos y mamá se aburrió de pedirme que conociera muchachos y saliera a bailar. Me dejaron en paz. Cambié un poco mi guardarropa, de los estampados que tú conociste a la blusa blanca con falda oscura, al traje sastre, a lo que me hace sentirme un poco más seria, más severa, más alejada.

Parece que hemos llegado al aeropuerto. Giran las pantallas de radar y dejo de hablarte. El momento va a ser desagradable. Los pasajeros se remueven. Tomo mi bolsa de mano y mi estuche de maquillaje y mi abrigo. Me quedo sentada esperando que los demás bajen. Al fin, el chofer me dice:

—Nous voilà, mademoiselle. L'avion part dans une demi-heure.

No. Ése es el otro, el que va a Milán. Me acomodo el gorro de piel y desciendo. Hace un frío húmedo y la niebla ha ocultado las montañas. No llueve, pero el aire contiene millones de gotas quebradas e invisibles: las siento en el pelo. Me acaricio el pelo rubio y lacio. Entro al edificio y me dirijo a la oficina de la compañía. Digo mi nombre y el empleado asiente en silencio. Me pide que le siga. Caminamos por un largo corredor bien alumbrado y luego salimos a la tarde helada. Cruzamos un largo trecho de pavimento hasta llegar a una especie de hangar. Camino con los puños cerrados. El empleado no intenta conversar conmigo. Me precede, un poco ceremonioso. Entramos al depósito. Huele a madera húmeda, a paja y alquitrán. Hay muchos cajones dispuestos con orden, así como cilindros y hasta un perrito enjaulado que ladra. Tu caja está un poco escondida. El empleado me la muestra, inclinándose con respeto. Toco el filo del féretro y no hablo durante algunos minutos. El llanto se me queda en el vientre, pero es como si llorara. El empleado espera y cuando lo cree conveniente me muestra los distintos papeles que estuve tramitando durante los últimos días, los permisos y vistobuenos de la policía, la salubridad, el consulado mexicano y la compañía de aviación. Me pide que firme de conformidad el documento final de embarque. Lo hago y él lame el reverso engomado de unas etiquetas y las pega sobre el resquicio del féretro. Lo sella. Vuelvo a tocar la tapa gris y regresamos al edificio central. El empleado murmura sus condolencias y se despide de mí.

Después de arreglar los documentos con la compañía y las autoridades suizas, subo al restaurante con mi pase entre los dedos y me siento y pido un café. Estoy sentada junto al ventanal y veo a los aviones aparecer y desaparecer por la pista. Se pierden en la niebla o salen de ella, pero el ruido de los motores los precede o queda detrás como una estela sonora. Me dan miedo. Sí, tú sabes que me dan un miedo horroroso y no quiero pensar en lo que será este viaje de regreso contigo, en pleno invierno, mostrando en cada aeropuerto los documentos con tu nombre y los permisos para que puedas pasar. Me traen el café y lo tomo sin azúcar; me sienta bien. No me tiembla la mano al beberlo.

Hace nueve semanas rasgué el sobre de tu primera carta en 18 meses y dejé caer la taza de café sobre el tapete. Me hinqué apresuradamente a limpiarlo con la falda y luego puse un disco, anduve por el cuarto mirando los lomos de los libros, cruzada de brazos; hasta leí unos versos, lentamente, acariciando las tapas del libro, segura de mí misma, lejos de tu carta desconocida y escondida dentro del sobre rasgado que yacía sobre un brazo del sillón.

¡Oh dulces prendas, por mi mal halladas,
dulces y alegres cuando dios quería!
Juntas estáis en la memoria mía
y con ella en mi muerte conjuradas.

"Claro que nos hemos peleado. Ella sale golpeando la puerta y yo casi lloro de la rabia. Trato de ocuparme pero no puedo y salgo a buscarla. Sé dónde está. Enfrente, en La Clémence, bebiendo y fumando nerviosamente. Bajo por la escalera rechinante y salgo a la plaza y ella me mira de lejos y se hace la desentendida. Cruzo el jardín y subo al nivel más alto de Bourg-de-Four lentamente, con los dedos rozando la balaustrada de fierro; llego al café y me siento a su lado en una de las sillas de mimbre. Estamos sentados al aire libre; en el verano el café invade las aceras y se escucha la música del carrillón de St. Pierre. Claire habla con la mesera. Dicen idioteces sobre el clima con ese odioso sonsonete suizo. Espero a que Claire apague el cigarrillo en el cenicero y hago lo mismo para tocar sus dedos. Me mira. ¿Sabes cómo, Claudia? Como me mirabas tú, encaramada en las rocas de la playa, esperando que te salvara del ogro. Tenías que fingir que no sabías si yo venía a salvarte o a matarte en nombre de tu carcelero. Pero a veces no podías contener la risa y la ficción se venía abajo por un instante. El pleito empezó por un descuido mío. Me acusó de ser descuidado y de crearle un problema moral. ¿Qué íbamos a hacer? Si por lo menos yo tuviera una respuesta inmediata, pero no, simplemente me había enconchado, silencioso y huraño, y ni siquiera había huido de la situación para hacer algo inteligente. En la casa había libros y discos, pero yo me dediqué a resolver crucigramas en las revistas.

"—Tienes que decidirte, Juan Luis. Por favor.

"—Estoy pensando.

"—No seas tonto. No me refiero a eso. A todo. ¿Vamos a dedicarnos toda la vida a clasificar documentos de la ONU? ¿O sólo estamos viviendo una etapa transitoria que nos permita ser algo más, algo que no sabemos todavía? Estoy dispuesta a cualquier cosa, Juan Luis, pero no puedo tomar decisiones yo sola. Dime si nuestra vida juntos y nuestro trabajo es sólo una aventura; estaré de acuerdo. Dime si las dos cosas son permanentes; también estaré de acuerdo. Pero ya no podemos actuar como si el trabajo fuera pasajero y el amor permanente, ni al revés, ¿me entiendes?

"¿Cómo iba a explicarle, Claudia, que su problema me resulta incomprensible? Créeme, sentado allí en La Clémence, viendo pasar a los jóvenes en bicicleta, escuchando las risas y murmullos de los que nos rodeaban, con las campanas de la catedral repiqueteando su música, créeme, hermana, huí de todo ese mundo circundante, cerré los ojos y me hundí en mí mismo, afiné en mi propia oscuridad una inteligencia secreta de mi persona, adelgacé todos los hilos de mi sensibilidad para que al menor movimiento del alma los hiciese vibrar, tendí toda mi percepción, toda mi adivinanza, toda la trama del presente como un arco, para disparar al futuro y revelarlo hiriéndolo. Esta flecha salió disparada y no había un blanco, Claudia, no había nada hacia adelante y toda esa construcción interna y dolorosa —sentía las manos frías por el esfuerzo— se derrumbaba como una ciudad de arena al primer asalto de las olas; pero no para perderse, sino para regresar al océano de eso que llaman memoria; a la niñez, a los juegos, a nuestra playa, a una alegría y un calor que todo lo demás sólo trata de imitar, de prolongar, de confundir con proyectos de futuro y reproducir con sorpresas de presente. Sí, le dije que estaba bien; buscaríamos un apartamento más grande. Claire va a tener un niño."

Ella misma me dirigía una carta con aquella letra que sólo había visto en la tarjeta postal de Montreux. "Sé lo importante que es usted para Juan Luis, cómo crecieron juntos y todo lo demás. Tengo muchos deseos de tratarla y sé que seremos buenas amigas. Créame que la conozco. Juan Luis habla tanto de usted que a veces hasta siento celos. Ojalá pueda venir a vernos algún día. Juan Luis ha hecho muy buena carrera y todos lo quieren mucho. Ginebra es chica pero agradable. Nos hemos encariñado con la ciudad por los motivos que podrá adivinar y aquí haremos nuestra vida. Todavía podré trabajar varios meses; estoy sólo en el segundo mes del embarazo. Su hermana, Claire."

Y del sobre cayó la nueva foto. Has engordado y me lo adviertes en el reverso: "Demasiada fondue, hermanita."

Y te estás quedando calvo, igual que papá. Y ella es muy hermosa, muy Botticcelli, con su cabello largo y rubio y una boina muy coqueta. ¿Te has vuelto loco, Juan Luis? Eras un joven hermoso cuando saliste de México. Mírate. ¿Te has visto? Cuida la dieta. Sólo tienes 27 años y pareces de 40. ¿Y qué lees, Juan Luis, qué te preocupa? ¿Los crucigramas? No puedes traicionarte, por favor, sabes que yo dependo de ti, de que tú crezcas conmigo; no te puedes quedar atrás. Prometiste que ibas a seguir estudiando allá; se lo dijiste a papá. Te está cansando el trabajo de rutina. Sólo tienes ganas de llegar a tu apartamento y leer el periódico y quitarte los zapatos. ¿No es cierto? No lo dices, pero yo sé que es cierto. No te arruines, por favor. Yo he seguido fiel. Yo mantengo viva nuestra niñez. No me importa que estés lejos. Pero tenemos que seguir unidos en lo que importa; no podemos conceder nada a lo que nos exige ser otra cosa, ¿recuerdas?, fuera del amor y la inteligencia y la juventud y el silencio. Quieren deformarnos, hacernos como ellos; no nos toleran. No sirvas, Juan Luis, te lo ruego, no olvides lo que me dijiste aquella tarde en el café de Mascarones. Una vez que se da el primer paso en esa dirección, todo está perdido; no hay regreso. Tuve que enseñarle tu carta a nuestros padres. Mamá se puso muy mala. La presión. Está en Cardiología. Espero no darte una mala noticia en mi siguiente. Pienso en ti, te recuerdo, sé que no me fallarás.

Llegaron dos cartas. Primero la que me dirigiste, diciéndome que Claire había abortado. Luego la que le enviaste a mamá, anunciando que ibas a casarte con Claire dentro de un mes. Esperabas que todos pudiéramos ir a la boda. Le pedí a mamá que me dejara guardar su carta junto con las mías. Las puse al lado y estudié tu letra para saber si las dos estaban escritas por la misma persona.

"Fue una decisión rápida, Claudia. Le dije que era prematuro. Somos jóvenes y tenemos derecho a vivir sin responsabilidades por algún tiempo. Claire dijo que estaba bien. No sé si comprendió todo lo que le dije. Pero tú sí, ¿verdad?"

"Quiero a esta muchacha, lo sé. Ha sido buena y comprensiva conmigo y a veces hasta la he hecho sufrir; ustedes no se avergonzarán de que quiera compensarla. Su padre es viudo; es ingeniero y vive en Neuchatel. Ya está de acuerdo y vendrá a la boda. Ojalá que tú, papá y Claudia puedan acompañarnos. Cuando conozcas a Claire la querrás tanto como yo, mamá."

Tres semanas después Claire se suicidó. Nos llamó por teléfono uno de tus compañeros de trabajo; dijo que una tarde ella pidió permiso para salir de la oficina; le dolía la cabeza; entró a un cine temprano y tú la buscaste esa noche, como siempre, en el apartamento, la esperaste y luego te lanzaste por la ciudad pero no la pudiste encontrar; estaba muerta en el cine, había tomado el Veronal antes de entrar y se había sentado sola en primera fila, donde nadie podía molestarla; llamaste a Neuchatel, volviste a recorrer las calles, los restaurantes y te sentaste en La Clémence hasta que cerraron. Sólo al día siguiente te llamaron de la morgue y fuiste a verla. Tu amigo nos dijo que debíamos ir por ti, obligarte a regresar a México: estabas enloquecido de dolor. Yo le dije la verdad a nuestros padres. Les enseñé la última carta tuya. Ellos se quedaron callados y luego papá dijo que no te admitiría más en la casa. Gritó que eras un criminal.

Termino el café y un empleado señala hacia donde estoy sentada. El hombre alto, con las solapas del abrigo levantadas, asiente y camina hacia mí. Es la primera vez que veo ese rostro tostado, de ojos azules y pelo blanco.

Me pide permiso para sentarse y me pregunta si soy tu hermana. Le digo que sí. Dice que es el padre de Claire. No me da la mano. Le pregunto si quiere tomar un café. Niega con la cabeza y saca una cajetilla de cigarros de la bolsa del abrigo. Me ofrece uno. Le digo que no fumo. Trata de sonreír y yo me pongo los anteojos negros. Vuelve a meter la mano a la bolsa y saca un papel. Lo coloca, doblado, sobre la mesa.

—Le he traído esta carta.

Trato de interrogarlo con las cejas levantadas.

—Tiene su firma. Está dirigida a mi hija. Estaba sobre la almohada de Juan Luis la mañana que lo encontraron muerto en el apartamento.

—Ah sí. Me pregunté qué habría sido de la carta. La busqué por todas partes.

—Sí, pensé que le gustaría conservarla —ahora sonríe como si ya me conociera—. Es usted muy cínica. No se preocupe. ¿Para qué? Ya nada tiene remedio.

Se levanta sin despedirse. Los ojos azules me miran con tristeza y compasión. Trato de sonreír y recojo la carta. El altoparlante:

—...le départ de son vol numéro 707... Paris, Gander, New York et Mexico... priés de se rendre à la porte numéro 5.

Tomo mis cosas, me arreglo la boina y bajo a la puerta de salida. Llevo la bolsa y el estuche en las manos y el pase entre los dedos, pero logro, entre la puerta y la escalerilla del avión, romper la carta y arrojar los pedazos al viento frío, a la niebla que quizá los lleve hasta el lago donde te zambullías, Juan Luis, en busca de un espejismo.

A la víbora de la mar

A Julio Cortázar

El suboficial vestido de blanco le tendió los brazos. Isabel enrojeció al tocar el vello del inglés joven y serio que le dio la bienvenida. La lancha de motor arrancó, ronroneando; Isabel tomó asiento sobre la húmeda banca de lona y vio alejarse las luces del centro de Acapulco y sintió que, al fin, el viaje había comenzado. Una bahía sin ruidos rodeaba al blanco vapor. El viento abatido de la medianoche agitó la pañoleta que la mujer amarraba bajo la barbilla. Durante el corto trayecto del muelle al barco anclado en el espejo sin luz de la noche tropical, Isabel se imaginó a sí misma abandonada en el embarcadero con los vendedores de nieves insalubres, peines de carey y ceniceros de concha nácar. Pero sus facciones permanecieron indiferentes y apenas rozadas por las orillas de sal desprendidas de la espuma. Abrió la bolsa de mano y sacó los anteojos y revisó apresuradamente los documentos de viaje, con el temor repentino de haberlos perdido para siempre, pero con la intención desconocida, también, de desterrar, con esa preocupación, el recuerdo que quedaba en la costa ya lejana y parpadeante. Pasaporte. Isabel Valles. Color blanco. Nacida el 14 de febrero de 1926. Señas particulares ninguna. Dado en México, D.F. Lo cerró y buscó el pasaje. MS *Rhodesia*. Sailing on the 27th. July 1963 from Acapulco to Balboa, Colón, Trinidad, Barbados, Miami and Southampton.

Era necesario ese suspiro hondo y libre. Sus ojos miraron por última vez la costa. La lancha se detuvo, bamboleando, junto a la escalerilla de estribor y el suboficial volvió a ofrecerle los brazos. Isabel se quitó los anteojos, los dejó caer dentro de la bolsa y se frotó con los dedos el caballete de la nariz, antes de poner pie en la escalerilla y evitando resueltamente el contacto con el joven oficial.

—Cuarentona, no muy guapa, ¿cuál sería la palabra?

—Dowdy, I guess.

—No, no es eso. Tiene una como elegancia pasada de moda, ¿eh?

—En fin, puesto que no la vas a sentar a mi mesa.

—Claro que no, Jack. Ya te conozco. Not a chance.

—Está bien; me imagino que ser jefe de camareros lo hace a uno sospechoso.

—No tiene nada que ver con sospechas, Jack. Tiene que ver con hechos bien sabidos.

—Sigue sonriendo, bobo; acabaré por darte una buena propina.

—¿Eh? Fuera de aquí, ¿quieres? Yo sé cuál es mi lugar y tú debías conocer el tuyo.

—Sólo quiero portarme democráticamente, Billy. Piensa que por primera vez, después de ocho viajes en el *Rhodesia* como camarero, puedo pagarme mi pasaje en primera clase y hacerlos sufrir a ustedes como los pasajeros me hicieron sufrir a mí antes.

—Pues quédate en tu lugar y yo en el mío.

—¿Dónde la vas a colocar?

—Déjame ver. En una mesa con gente de su edad. No sé si habla inglés. En fin. Puede que la deje en una mesa para dos, con esta solterona. Puede que se diviertan juntas. Sí. La mesa 23. Con Mrs. Jenkins.

—Me rompes el corazón, Billy.

—Fuera de aquí, payaso.

—Y regaña a Lovejoy. Dile que cuando pido mi té en la mañana, quiero té de verdad, té caliente, no esa agua con la que lavan los platos allá abajo.

—¡Eh! Ya te veré en la cubierta de la tripulación otra vez, Jack.

—You jolly well won't.

Lovejoy el camarero le dejó las llaves e Isabel empezó a desempacar. Se detuvo con una sensación de tristeza: el apartamento, la tienda, Marilú, la tía Adelaida, los almuerzos en Sanborns. La melancolía la obligó a sentarse sobre la cama y observar con desidia las dos maletas abiertas. Se incorporó y salió del camarote. Casi todo el pasaje había descendido a conocer Acapulco y no regresaría antes de las tres de la mañana. El *Rhodesia* zarparía a las cuatro. Isabel aprovechó el momento para recorrer los salones solitarios sin percatarse aún de la novedad que la rodeaba, o quizá, sintiéndola, pero deseosa de no reflexionar sobre el clima exótico que le ofrecía este mundo a flote, autónomo, sometido a reglas completamente ajenas a las que normaban la conducta en las ciudades inmóviles. Las salas no eran, en verdad, sino transposiciones de la idea británica de la comodidad, a home away from home, pero para Isabel las cortinas de zaraza, los hondos sillones y los cuadros de escenas marinas, los sofás de holanda estampada y el recubrimiento de maderas rubias, empezaron a ser signos de algo ajeno y deslumbrante. Abrió una puerta de cristales y pasó al

Promenade Deck y por primera vez se dio cuenta del olor de un barco, de la suma original de brea y pintura, sogas mojadas y goznes aceitados que revelan, en el olfato, la novedad agresiva de la vida marina. La alberca estaba cubierta por una red de cuerdas fibrosas, semejante a un inmenso dogal iluminado por las lámparas de los azulejos y un fondo olvidado de agua de mar permanecía estancado e inmóvil, con un poderoso olor salino que Isabel aspiró, aún insegura de que el primer asalto de esta nueva vida ensanchaba las aletas de su nariz y la forzaba, contra su voluntad, a reconocer con miedo que estaba sola.

Un rumor rítmico la atrajo hacia la proa. Allí, como desde una terraza bardeada por tubos blancos, vio a los jóvenes de la tripulación de guardia tocando la concertina y bebiendo cerveza: desnudos hasta la cintura, descalzos, vestidos con angostos pantalones de dril, tarareaban una vieja canción escocesa, exagerando los suspiros y los ojos entornados de la melodía romántica que, insensiblemente, se fue transformando en una parodia cortada y veloz, sin brújula, acompañada de rostros alegres y miradas pícaras, por fin de contorsiones y de onomatopeyas provocadas por los pies, las manos, los labios.

Isabel sonrió y dio la espalda al grupo bullicioso.

Dudó al acercarse al bar contiguo a la piscina.

Entró y tomó asiento junto a una mesa cubierta de franela. Los ojos le brillaron y se alisó los pliegues de la falda cuando el cantinero pelirrojo surgió detrás de la barra, le guiñó un ojo y le preguntó:

—What is your ladyship's pleasure?

Isabel unió las manos. Las sintió húmedas. Las pasó discretamente sobre la franela. Su sonrisa forzada ocultaba un esfuerzo nervioso y desorientado por ubicarse, por saberse en un lugar conocido y rodeada de gente conocida. Quería evitar el contacto con ese hombre que avanzaba hacia ella con una felpa de zanahorias en la cabeza y una asombrosa, cómica y espantable ausencia de cejas, de manera que sólo las pestañas detenían el larguísimo muro de su frente picoteada de pecas azules. La lentitud con que el cantinero se acercaba a ella, como si quisiera subrayar de ese modo su presencia, impedía a Isabel pensar en el nombre de una bebida y la obligaba a pensar, al mismo tiempo, en que nunca había pedido una copa en un bar. Y el hombre-zanahoria se acercaba, implacable, sin duda en el cumplimiento de un deber reiterado, pero también —los ojos sin marco, las dos yemas inyectadas de bilis— husmeando la debilidad, la confusión, el sudor acorralado de la dama, vestida con un suéter de mangas cortas y una falda de cuadros escoceses, que frotaba una mano contra la franela de la mesa y otra contra la lana del regazo, antes de unir otra vez las palmas húmedas y gritar, sin dominio de su voz nerviosa:

—Whisky soda… Without glass…

El cantinero la miró con asombro: un asombro de profesional herido. Se detuvo en la postura en que la orden de Isabel lo sorprendió y dejó caer los hombros, derrotado en su oficio por el grito agudo de esa cabeza inclinada. Cerró los ojos, despeñado de su antigua seguridad por la solicitud sin antecedentes:

—P'raps her ladyship would like a silver goblet… Glass is so common, after all…

La cabeza en llamas se desbarató en una carcajada arrugada y pecosa. El cantinero se llevó la servilleta al rostro y detrás de ella sofocó su risa triturada.

—Sans glace, s'il vous plaît... —repitió Isabel sin mirar al cantinero—. El hielo... el hielo me hace daño a la garganta.

El hombre colorado asomó detrás de la servilleta.

—Ah, madame est française?

—No, no... mexicana.

—Me llamo Lancelot y espero servirla como se merece. Le sugiero un Southerly Buster: es lo mejor para las anginas y permite un dominio absoluto del paso del alcohol a la sangre, dada la espesura del menjurje. Lancelot, ¿sabe? Los caballeros de la mesa redonda.

Se inclinó ante Isabel, ejecutó una rápida media vuelta con las rodillas dobladas y pasó en cuatro patas bajo el bar, canturreando.

El corazón le latía velozmente a Isabel. Permaneció con la mirada baja, fija en un punto neutro del mantel.

—¿Desea que le ponga un disco? —preguntó Lancelot.

Isabel escuchó el goteo de un líquido espeso, el chisguete de un limón pellizcado, el jeringazo de una botella de sifón, el batido profesional, casi virtuoso, de la mezcla. Asintió con la cabeza. El suspiró de Lancelot:

—Mala suerte. No me tocó bajar aquí. ¿Usted es de aquí?

Isabel negó con la cabeza. Lancelot colocó un disco viejo y rayado. *Doing the Lambeth Walk*. Isabel sonrió, levantó la mirada y la dirigió al cantinero: gritó, se cubrió los ojos con las manos, se llevó las manos al pecho al ver el nuevo rostro de Lancelot, enmascarado, las facciones deformes y alargadas en una masa cruda, de dientes afilados y ojos de ostión... Se levantó, derrumbó la silla y corrió fuera del bar, sin atender las voces:

—Milady! Look here! Milady! Shall I have it sent to your cabin?

La zanahoria alcohólica se arrancó, como si fuese la capucha de un inquisidor, la media transparente que le cubría el rostro. Se encogió de hombros y sorbió los popotes de la bebida violácea.

Isabel se detuvo en el pasillo, sin aliento, sin saber a dónde dirigirse, confundida por la numeración de las cubiertas y los pasillos, y sólo al sentir la frescura de la almohada y el rumor de la ventilación en su cabina empezó a llorar y a repetir en voz baja los nombres que la tranquilizarían, los nombres de las cosas familiares, de las personas conocidas que no le habían advertido, que no le habían impedido embarcarse en esta aventura. Y el cansancio y el miedo y la nostalgia la arrullaron, la durmieron y la hicieron desistir de tomar sus maletas y regresar a tierra esa misma noche.

—¿Qué se siente dejar la cubierta de la tripulación, Jackie boy?

—Más respeto, pobre y humilde Lovejoy. Puedo quejarme con el capitán.

—Trata de humillarnos. Ya sabes el castigo.

—¿Qué? ¿Me van a esperar en un callejón oscuro de Panamá para golpearme hasta que pida misericordia? ¿Y luego creen que me voy a quedar callado por pura hombría?

—Eso, más o menos. Si es que no decidimos raparte tus rubios bucles de Mandy Rice-Davies.

—Te olvidas de algo muy sencillo, pobre, idiota Lovejoy.

—¿Ah, sí?

—¡Ah, sí! Yo no tengo códigos de honor. Los delataré y los despacharán a todos a la cárcel.

—Sentimientos, eso es lo que te falta. No sólo a ti, a todos estos muñequitos de ahora, teddy boys, holgazanes, gente sin principios. Antes un buen marinero valía la sal del mar. Ojalá venga una nueva guerra para que se hagan hombres.

—¿A quién engañas, mi amado Lovejoy?

—Está bien, Jackie; todo sea por los viejos tiempos. Es que me enternece no tenerte entre nosotros.

—¿Ternura? Te da una rabia de perro tener que servirme.

—No, Jackie boy, no; tú sabes que siempre te he querido. Hemos pasado demasiados buenos ratos juntos. Te conocí pajarito. De veras, me haces falta. ¿No me digas que no recuerdas…?

—Silencio, loro sin plumas. El chantaje es un crimen muy sucio y se paga bien caro.

—No, Jack, no me entiendes. Es que me da miedo hacer ciertas cosas solo. Juntos, como antes, me siento protegido. La gente es tan descuidada. ¿Recuerdas a Mrs. Baldwin con sus joyas falsas que…?

—Adiós, Lovejoy. Mañana llévame el té caliente. Es una orden.

—Espera, espera. Es que la recién llegada, sabes, la sudamericana que embarcó en Acapulco…

—No quiero saber nada. Eres la sirena más repulsiva de los siete mares, horrendo, viejo, calvo, miserable Lovejoy.

—Es que es tan descuidada, Jackie boy. Está pidiendo a gritos nuestra intervención. Oye: 9 mil dólares en cheques de viajero, ¿has oído algo igual? Allí, puestos en la cómoda de la cabina como si fueran lechugas. Verdes y frescas. Listas para hacer la ensalada.

—Mi inocente Lovejoy. Un cheque de viajero tiene que llevar la misma firma abajo y arriba. ¿No lo dicen los avisos? Safer than money.

—Jackie, Jackie, recuerda cuando falsificamos la...

—¡Basta! Si vuelvo a oír tu graznido maloliente te acuso, te juro que llevo la queja hasta el capitán. Estás tratando con un caballero. Y un caballero siempre salva las apariencias, demonio, vampiro sin dientes, inmundo zopilote calvo...

—¿Ah? ¡Ah! ¡Jackie boy! Ya te entiendo. Oh, Jack, sí, qué contento me pones. Siempre me han dado tanta alegría tus insultos, eso lo sabes bien, ¿verdad? Pero ahora no importa, Jack, recuérdame en tu reino, como dijo Barrabás, ¿sí, Jackie, sí?

—Té caliente, Lovejoy. Lo ordeno. Buenas noches.

Dormida, no se dio cuenta del momento en que el barco zarpó de Acapulco, y la mañana siguiente, que no pasó de ser una ordinaria mañana en el vapor que venía repitiendo sus diarias ceremonias desde Sydney, para Isabel fue quietamente extraordinaria. El vaivén del *Rhodesia* hacía que los pequeños pomos y artículos de tocador resbalasen y chocasen entre sí. El camarero entró sin tocar cuando ella aún estaba en la cama, le dijo "Good morning; I'm Mr. Lovejoy, your cabin steward" y le depositó en las rodillas una bandeja con té humeante mientras ella se cubría los pechos con la cobija y se pasaba una mano por el cabello y balanceaba la bandeja sobre las rodillas y pensaba que, definitivamente, para los extranjeros no contaba el respeto a la intimidad de una mujer. Después de beber el té tomó un baño de tina con agua caliente de mar y al verse desnuda en ese líquido verdoso y sedante recordó cómo era el baño en el internado del Sagrado Corazón. En fin, al bajar al comedor de la cubierta C el jefe de camareros se inclinó, dijo llamarse Higgins y estar a sus órdenes, la condujo a una mesa para dos personas y la sentó frente a una señora cincuentona que comía huevos revueltos.

Se presentó como Mrs. Jenkins y agitando la papada le contó que era maestra de escuela en Los Ángeles, que cada tres años podía hacer un crucero con sus ahorros pero que como las vacaciones escolares eran en el verano, nunca le tocaba la temporada elegante en los vapores y en las islas del sol, que era en invierno, e Isabel se vio obligada a contarle que era dueña de una tienda en la calle de Niza, en la Ciudad de México, de la cual se alejaba por primera vez en su vida pues éste era su primer viaje al extranjero, aunque tenía una dependiente muy trabajadora que se llamaba Marilú y que cuidaría del establecimiento con gran competencia; la tienda merecía los mayores cuidados, pues había costado trabajo crearle una reputación y asegurar una clientela que no sólo incluía, como era natural, a los viejos amigos, parientes y conocidos de las familias honorables que habían sido dañadas por la revolución, sino a las señoras de fortuna reciente que en esta boutique tenían asegurado el buen gusto en todos sus detalles, y sí, era un trabajo bonito, escoger ese pisapapeles, ofrecer esos guantes de cabritilla, envolver esa mascada de seda...

La señora Jenkins la interrumpió para aconsejarle que nunca pidiese un desayuno inglés, pues la avena seca y el arenque acecinado que servían los isleños sólo podían ser considerados como un vomitivo para los excesos alcohólicos de la noche anterior: —No creerá usted que un ser humano pueda beber tanto aguardiente hasta verlo con sus propios ojos. ¿A usted no le gusta beber? —Isabel rió y dijo que su vida era muy sencilla. Y que a pesar de la novedad y excitación del viaje, extrañaba sus costumbres. Después de todo, era bonito despertar y caminar del apartamento que compartía con su tía Adelaida a la tienda, entrar a ella y ocuparse en silencio con Marilú, tan joven y competente, cruzar la calle y almorzar en Sanborns, todos los días. La tía Adelaida la esperaba a las siete y se contaban viejas historias de la familia y se decían lo que había pasado durante el día y a las ocho tomaban su merienda. Iban a misa los domingos, a confesión los jueves, a comunión los viernes. Y el bonito Cine Latino estaba a la vuelta del apartamento. Era bonito.

Isabel ordenó un desayuno de jugo de naranja, huevos poché y café. Mrs. Jenkins le dio una patadita debajo de la mesa y le dijo que se fijara en la juventud y belleza de los mozos.

—Ninguno tendrá más de 24 años y uno se pregunta qué clase de país es éste que dedica a su juventud a servir mesas en vez de mandarla a la universidad; con razón perdieron todas sus colonias.

Isabel estuvo a punto de reanudar su historia; sólo pudo llevarse la servilleta a los labios y mirar fríamente a la norteamericana. —No acostumbro hablar de la servidumbre. Si se les muestra interés, lueguito se igualan.

La señora Jenkins frunció el ceño y se levantó diciendo que iba a tomar su "diario constitucional": —Seis veces alrededor del Promenade Deck hacen una milla. Hay que caminar diariamente o se indigesta uno con seguridad. Good-bye, deary; te veré a la hora del almuerzo.

A pesar de todo, Isabel se sintió otra vez protegida en la compañía de la inmensa señora envuelta con un estampado que describía la llegada de los colonizadores puritanos a la roca de Plymouth y que ahora se ondulaba hacia la salida del comedor, despidiéndose de todos los comensales como si tecleara el aire y repitiendo varias veces "deary".

Sonrió y bebió lentamente el café, casi con los ojos cerrados. Los ruidos menudos del comedor —el tintín de cucharas dentro de tazas, el choque de vasos, el cálido verter de té humeante— la envolvieron y, al cabo, la convencieron de la tranquilidad, la decencia y el buen gusto que la rodeaban, sentimiento que la mañana larga y plácida, contemplando el Pacífico desde la cubierta, bebiendo una taza de consomé recostada sobre una silla de lona, escuchando al cuarteto de cuerdas que tocaba valses de Lehar en el salón principal y observando a los viejos pasajeros, no hizo sino subrayar.

A la una de la tarde pasó un adolescente tocando una marimba de mano para anunciar el almuerzo. Isabel bajó al comedor, desdobló la servilleta y jugueteó con el collar de perlas mientras leía la minuta. Escogió el salmón de Escocia, el rosbif y el queso Cheddar, sin mirar al apuesto mozo y esperando con cierta tensión la llegada, necesaria, puntual, de la señora Jenkins.

—Hello. My name's Harrison Beatle.

Isabel dejó de exprimir el limón sobre la rebanada color de rosa y encontró a ese hombre tostado por el sol, con el pelo dorado, dividido por una raya y aplastado sobre el cráneo; encontró ese perfil delgado, esos labios finos, esos ojos grises y sonrientes que despojaban de ceremonias la inclinación un poco rígida del cuerpo: el joven rubio había apartado la silla y esperaba una indicación de Isabel para tomar asiento.

—Creo que hay una equivocación —logró balbucear Isabel—. Aquí se sienta la señora Jenkins.

Mr. Harrison Beatle ocupó el lugar, desplegó la servilleta sobre los muslos y con un movimiento veloz mostró los puños de su camisa a rayas azules y se desabotonó el saco de lino blanco.

—Nueva disposición. Sucede todo el tiempo —dijo sonriendo, mientras consultaba la carta—. El jefe de camareros es el Jehová de este comedor. Descubre afinidades. Destierra incompatibilidades. Tómelo a broma: quizá su compañera se quejó de usted, pidió un cambio...

—Oh, no —dijo con seriedad Isabel en su inglés trabajoso—. Si nos entendimos de lo más bien.

—Entonces atribúyalo a la omnisciencia del jefe de camareros. Don't know what's becoming of these ships. Rotten service nowadays. Boy! ¿Gustaría un poco de vino? ¿No? Lo mismo que la señora y media botella de Chateau Yquem.

Volvió a sonreírle. Isabel bajó la mirada y comió de prisa el salmón.

—Suppose we ought to be properly introduced. Pity you didn't show up at the Captain's gala the other night.

—No, es que apenas me embarqué anoche, en Acapulco.

—¡Ah! ¿Latina?

—Sí, de México Distrito Federal.

—Harrison Beatle, Philadelphia.

—Isabel Valles. En Hamburgo 211 tiene su casa. Señorita Isabel Valles.

—¡Ah! ¿Viaja sin chaperón? Creí que los latinos eran muy puntillosos y siempre designaban a una dueña con mantilla para acompañar a las señoritas. No se preocupe. Keep an eye on you.

Isabel sonrió y, por segunda vez en el mismo día, contó la historia de su vida. Desde una mesa redonda para cuatro comensales, la mano arrugada tecleó el aire y le gritó "Yoo-hoo, deary" e Isabel volvió a sonreír, en seguida enrojeció y siguió contando cómo la tía Adelaida la había convencido de que se tomase un descanso, después de 15 años al frente de la tienda de regalos; pero extrañaba su bonita boutique, toda decorada en oro y blanco, y era curioso cómo esas pequeñas preocupaciones, la contabilidad y el ahorro, encargar, exhibir y vender pañoletas, prendedores y collares para el uso diario, bolsas de mano, estuches de maquillaje, pequeños objetos de lujo, podían llenar la vida y hacerse indispensables. La razón de ese cariño, quizás, era que al morir su padre y su madre —Isabel bajó aún más la mirada— algunos buenos amigos de la familia le aconsejaron invertir todo lo que dejaron —bueno, lo poco que dejaron— en la tienda. Mr. Harrison Beatle, dorado por el sol, la escuchó con la cabeza apoyada en el puño y un velo de Benson & Hedges en los ojos.

Fiel a la consigna que atribuye la victoria en Waterloo al entrenamiento en los campos deportivos de Eton, un vapor inglés de pasajeros semeja un enorme y flotante campo de competencias en el que todos los poderes del establecimiento se hubiesen confabulado, a través de un ejército de suboficiales, encargados de los juegos, señoritas de piernas largas y uniforme blanco, marineros de pantalón ancho y camiseta a rayas, y otras personalidades más o menos inconscientes de su similitud paródica con los personajes de Gilbert y Sullivan, para hacer patente la tradición británica del fair play e inculcarla, con espíritu de cruzada y aprovechando al máximo el corto tiempo de viaje acordado por la Providencia, en los desafortunados nativos que por primera vez entraban en contacto con Albión. Ciertamente, el espíritu deportivo implantado en las cubiertas del *Rhodesia* solicitaba descripciones centradas en los más estrictos lugares comunes británicos; pero lejos de considerarlo con ánimo peyorativo, ¿habría un solo oficial o pasajero que no se sintiese, a la vez, consciente y orgulloso de ejemplificar actos y actitudes contra los cuales, inútilmente, han gastado su filo 100 años de espadas satíricas? El secreto es otro: el inglés establece su propia caricatura externa, y la vive en público, a fin de gozar en privado, protegido por el lugar común, de una vida diversificada, oculta, personal y excéntrica.

—Subamos al juego de cricket —diría en la tarde Mr. Harrison Beatle, adecuadamente vestido con pantalones de franela blanca y una sudadera de ribetes verdinegros.

—Veamos la competencia de los niños —diría en la mañana Mr. Harrison Beatle, perfectamente ordenado dentro de una camisa blanca de tela de toalla.

—¿Nunca ha visto bailar el Scottish Reel? —diría después Mr. Harrison Beatle —blazer azul con el escudo de Trinity College bordado sobre el pecho— al entrar al salón de baile.

—Hoy se disputa el campeonato de deck tennis —anunciaría otra mañana Mr. Harrison Beatle, camisa de polo, pantalones cortos y piernas rubias.

—Esta noche tendrán lugar las carreras de caballos en el lounge. Estoy apoyando a Oliver's Twist y le ordeno que por solidaridad le apueste una libra—: smoking de solapas opacas, zapatillas de charol.

Isabel, sin pensarlo mucho, se convenció de que asistir a las diversas competencias, ya que no participar en ellas, era su deber natural de pasajero en un barco protegido por los colores del Union Jack. Con el señor Beatle a su lado, y ella vestida siempre con la combinación acostumbrada (blusa o suéter en colores pastel, collar de perlas, falda plisada de tergal, medias nylon, zapatos de tacón bajo —ésta es la única concesión al espíritu de vacaciones—), recorrió todas las cubiertas, subió y bajó por todas las escalerillas, calentó todos los asientos, asistió a todos los encuentros de los onces de cricket, adquirió una leve tortícolis viendo torneos de tenis, acabó lanzando vivas al equipo de la clase turista en su sudorosa lucha de la cuerda con el equipo de la tripulación que, previamente aconsejado, siempre se dejaba arrastrar más allá de la raya blanca del límite.

—Chin up!

—Knuckle down!

—Character will carry the day!

—Shame! Measure those twenty-two yards between wickets again!

—Mr. Beatle plays bowler for the Sherwood Forest Greens!

—Come now, miss Valles, hold youd partner by the waist and keep your left arm up!

—Good sport!

—Good sport! —le dijo al oído Mr. Harrison Beatle, apretándola contra el pecho, al terminar la sesión de danzas escocesas y media hora antes de que se iniciara el concierto con discos estereofónicos en el mismo salón de baile.

No enrojeció. Isabel se llevó la mano a la mejilla como para conservar el aliento de Mr. Harrison Beatle: el joven norteamericano mostraba su pulida dentadura y revisaba el programa del concierto: oberturas de Massenet, Verdi y Rossini.

—¿Tomamos té antes del concierto? —sugirió el hombre.

Isabel asintió. —Es usted muy inglés… digo, para ser americano —murmuró mientras Harrison recogía las galletas y las colocaba sobre un platillo.

—Philadelphia. Main Line. Scranton en 64 —sonrió Harrison al tomar un lugar en la cola para recibir el té.

Miró a Isabel con humor en los ojos. Se dio cuenta de que la señorita no entendía ninguna de sus alusiones. —Y buena parte de la niñez en Londres con mis padres. Vi a Gielgud en *Hamlet*. A Eduardo renunciar al trono. A Chamberlain regresar de Munich con su paraguas y su papel mojado. A Anna Neagle en mil películas sobre los 60 gloriosos años de Victoria. A Beatrice Lillie cantar canciones pícaras. Y a Jack Hobbs ganar el campeonato de cricket en Lord's.

—Señor: Grace fue y siempre será el más grande jugador de cricket que ha producido Inglaterra —dijo, dándole la cara, un robusto caballero de bigotes blancos peinados en dirección de las fosas nasales.

—Hobbs fue la gloria de Surrey —intervino, rascándose la barbilla blanca, otro caballero, pequeñín, mal encarado y con un enorme radio transistor bajo el brazo.

—Las glorias locales de Surrey no nos interesan a los vecinos de Gloucester —pronunció, imperialmente, el caballero de los bigotes peinados.

—¿Bristol? —inquirió el hombre de la barbilla.

—Blakeney —el de los bigotes levantó la cabeza con indignación—. Forest of Deam. On the Severn! Tierra, no ladrillos, señor.

—Eso no debe impedir un buen trago —tosió el hombre pequeño y abrió su radio portátil para revelar media botella de coñac incrustada en el lugar de las pilas; la extraje, la abrió y la ofreció al caballero de Gloucester con parejas rapidez y destreza; éste aceptó con una inclinación de cabeza el chorro de licor en el té y los dos estallaron en carcajadas.

—Nos vemos esta noche en el Pool Bar, Tommy —gruñó el de Gloucester.

—Sin falta, Charlie —dijo el de Surrey y volvió a empacar su botella, guiñando un ojo en dirección de Isabel: —Si no apeteces mis peras, no vayas a sacudir mi peral.

—Creí que estaban enojados —dijo Isabel con una risilla—. ¡Qué simpáticos!

—¡Prohibida la amistad! —dijo con el rostro muy serio Harrison—. La mitad de la población inglesa es lo más decente del mundo y la otra mitad lo más decadente.

Tomaron asiento en el saloncito de escribir y hablaron en voz muy baja.

—¡Cómo conoce usted el mundo, señor Beatle!

—Llámeme Harry. Como mis amigos, Isabel.

Isabel se detuvo y escuchó una pluma que raspaba el papel tieso y azul.

—Sí... Sí, Harry...

Y otros tosían, corrían las hojas de los libros, rotulaban sobres.

—Harry... La he pasado tan bien en su compañía... Perdón... Debo parecerle muy... muy confianzuda, como decimos en México... Pero... Pero al principio pensé que iba a estar muy sola... o que no hablaría con nadie... usted sabe...

—No, no entiendo. También para mí su compañía ha sido preciosa. Creo que usted se rebaja a sí misma sin razón.

—¿Cree? ¿De veras… cree?

—La mujer más agradable del barco, para mí. Distinción…

—¿Yo?

—Sí, distinción y decencia. Muy feliz a su lado, Isabel.

—¿Usted?

Sin darse cuenta, Isabel se arrancó el pañuelo de encaje guardado entre la muñeca y la cinta de terciopelo del reloj pulsera, se secó las palmas húmedas y caminó de prisa fuera del salón.

Ese rimel azul; no, no, no, si siempre le han dicho que lo mejor que tiene son los ojos; no necesita abrillantarlos; pero quizás un toque de lápiz negro en los párpados, ¿dónde está?; oh, por dios, no pudo haber perdido el lápiz de las cejas: ¿por qué olvidar eso y traer ese ridículo pomo de rimel que jamás usa? Mr. Lovejoy, Mr. Lovejoy, el timbre, no sabe qué hacer, por qué toca el timbre y espera la llegada de Mr. Lovejoy, calvo y narizón: para pedirle que suba a la tienda y le compre por favor un lápiz de cejas, halfcrown, quédese con el cambio; y los bigudíes, ¿le tendrán el cabello listo a tiempo?, no, el pelo está húmedo, qué idiota, lavarse el pelo dos horas antes de la cena, el salón de belleza siempre ocupado, necesario aviso previo de 24 horas, ay, ay, por lo menos el perfume sí es de calidad, Ma Griffe, muy buena venta en la tienda, pero el vestido de noche, ¿le gustaría a Harrison; a Harry, perdón?, ¿no le faltaría un poco de escote?, quién sabe, los trajes de corte griego siempre son elegantes, eso lo sabe, lo dicen todas las señoras que pasan por la tienda: corte griego; gracias señor Lovejoy, sí, era exactamente ése, gracias quédese con el cambio; puede retirarse; ¿no es demasiada base de maquillaje?; le dijeron que el pancake no le sentaba, que su cutis era primoroso, natural; oh, oh, los dedos embarrados de maquillaje rosa oscuro, ay, ay, nunca estará lista, los pomos ruedan con el ritmo del barco, nada se está quieto, la caja de kleenex cae al piso, el agua en la tapa para humedecer el lápiz se riega sobre el regazo, mancha las medias y hay que levantarse casi gritando, llevándose las manos a los muslos y manchándose ahora con esa pasta pegajosa de los dedos, gritando sin poder dominarse y arañando el cristal con las manos sucias, llenándolo de huellas digitales color rosa, color de carne, hasta poner las dos manos sobre el espejo y embarrarlo todo, llorando, arrancarse los bigudíes, sollozado, barrer de un manotazo con todo lo que hay en la incómoda y estrecha mesita, oler las mezclas derramadas y vaciadas y embarradas de lápiz labial, perfume, rimel, polvo, colorete, colgar la cabeza, rehacerse, verse en el espejo nublado con los surcos del llanto sobre el maquillaje, abrir el pomo de crema, limpiarse con una servilleta de papel esas huellas, sonrojarse al tomar el rastrillo diminuto, levantar el brazo y pasarse un poco de jabón por la axila, rasurar los vellos cortos, secarse con una toalla húmeda y aplicar el desodorante —¿dónde está?—. Y buscarlo, primero desde el taburete frente al espejo, en seguida de rodillas en el camarote estrecho, recogiendo todas las cosas, Harry, Harry, no estará a tiempo, no se verá bien, oh, Harry, Harry...

—El tiempo pasa rápidamente. Zarpamos de Acapulco hace cuatro días y mañana llegaremos a Panamá. ¿Dónde desembarcas?

—En Miami. De allí debo volar a México. Es lo previsto, es…

—Y quizá no nos volveremos a encontrar nunca.

—Harry, Harry…

—Cada cual volverá a su país. Obligaciones. Deberes. Olvidaremos este viaje. Es más. No le daremos importancia. Nos parecerá un sueño.

—No, Harry, eso no.

—¿Entonces?

—Pero es que sé tan poco de usted… de ti…

—Harrison Beatle. Treinta y siete años. Lo juro, aunque parezca más joven. Vecino de Filadelfia, Pennsylvania, U.S.A. Católico. Republicano. Groton, Harvard y Cambridge. Casa con 14 habitaciones en la ciudad. Un pabellón en la comarca de la caza de zorros. Objetos valiosos. Óleos de Sargent, Whistler y Winslow Homer. Un MG de la vieja línea. Modesto: trajes hechos de Brooks Brothers. Costumbres ordenadas. Ama los perros y los caballos. Dedicado a su madre, una deliciosa viuda de 60 años, recio carácter y detestable memoria. Y ahora la parte oscura: 10 horas diarias en la oficina. Corredor de bolsa. ¿Satisfecha?

—Yo… yo no… Digo, su vida ha sido más agradable. Mi tía Adelaida dice que en sus tiempos pues todo era muy brillante, las fiestas, la gente, todo. A mí eso ya no me tocó. Fui a la escuela del Sagrado Corazón y luego, pues… los jóvenes nunca me visitaron, aunque, de veras, yo nunca los había esperado. Las muchachas hablaban de eso y yo creía que eran puras invenciones. Pero todo ha sido bonito, ¿no es cierto? Digo, no creo que mi vida haya sido muy distinta de las de otras gentes, ¿usted me entiende?… Harry… Harry…

Nunca la duda anunció una certeza más cálida, jamás con esos nombres, nunca con el nombre de temor o el

137

de delicia, igualmente aplicables a la espina dorsal débil, helada, receptiva a las yemas exactas de los dedos que le acariciaban la espalda: la espalda desnuda, se diría, si era tal el contacto eléctrico de los dedos de Harry con la tela azul pálida, abotonada por detrás, tachonada con mil estrellitas perdidas, del traje de noche de Isabel; duda y certeza, temor y delicia, era ese sudor frío inofensivo, sentido como algo separado del cuerpo risueña y tenazmente ajeno al orden y la precaución; era ese temblor caliente que destruía, haciéndola perceptible, la organización de las venas pulsantes y tibias que ascendían con un pálpito hasta tocar la piel; era ese sabor seco y pastoso de la lengua apretada contra el paladar tierno y burbujeante. Era la lasitud de los brazos sobre los hombros de Harry. El peso muerto de las piernas al desplazarse sin saberlo por el salón de baile apenas iluminado por las lucecillas azules, diseminadas, del cielo raso. El latir lejano de la música. La ausencia de los rostros que giraban frente a ella, tímidamente entregada en brazos de Harry; ella que adelantaba el mentón para rozar la solapa de Harry, ella que acurrucaba la cabeza cerca del cuello de Harry y su aroma de lavanda. Isabel buscó inútilmente al caballero de los bigotes blancos, al hombrecillo malencarado con la piocha canosa, a la maestra californiana drapeada en satines rojos que se deslizaba moviendo los dedos y susurrando "yoo-hoo" al joven rubio que pasó tantas veces cerca de ellos, mirándola intensamente, guiñándole el ojo de vez en cuando mientras ella y Harry giraban, dejando que la música fuese y viniese, pulsando con un corazón propio.

—Ven, Isabel. Vamos a la cubierta.

—Harry, no debo. Yo nunca…

—No hay nadie a esta hora.

Y la estela fosforescente, la espuma calurosa de la noche inmóvil, arrastró en su agitación perdida, de mercurio blanco, los recuerdos de la tía Adelaida y de Marilú, de la tienda de Niza y el apartamento de Hamburgo, hacia la hélice silenciosa, los rasgó y convirtió en listones del mar antes de desprenderlos, abandonarlos a la oscuridad y dejar a Isabel, perdida, débil, húmeda, con los ojos cerrados, los labios entreabiertos y las lágrimas calurosas, en brazos de Harrison Beatle.

—¿Cómo estuvo la boda, Jack?

—Romántica, Billy, romántica como una vieja película de Phyllis Calvert.

—¿Pero no invitaron a nadie?

—No, ellos dos solos en una iglesia cerca del Hilton. Y yo de mirón detrás de una columna. Esas cosas me emocionan.

—Corta el merengue y dame el pastel.

—Pides mucho a cambio de nada. Recuerda que ya no somos iguales.

—¿Cuándo lo hemos sido? Ya te lo dije: volveré a verte lavando excusados.

—¿Y mientras tanto?

—Está bien. Le diré a Lancelot que te separe una botella de Gordon's.

—Ahora estás hablando Billy.

—Aunque la mona se vista de seda…

—¿Cómo lo supiste? Sí, iba vestida de seda blanca, con un velito de organdí.

—Me refería a ti, estúpido.

—Billy, you're a bloody bastard.

—Bueno, ¿quieres esa botella o no?

—Una botella de ginebra. El viejo Scrooge era la Hermanita Blanca a tu lado. Sólo puedo invitarle ginebra a mis amigos hasta que se acabe la botella. ¿Crees que eso conviene a mi prestigio de caballero?

—Me importa un cuerno. Habla.

—Pues ella estaba muy colorada todo el tiempo y lloraba. Mr. Beatle era el retrato mismo de la dignidad, con saco azul y su pantalón blanco, como para deslumbrar a todas las faldas de Brighton.

—¡Eh! Mr. Beatle es todo un caballero. Casi parece inglés. Buen mozo, si me lo preguntas y no me avergüenza decirlo. Ahora que se ve mucho más joven que ella.

—Te digo que no tienes corazón. ¿Qué sabe un viejo lagarto seco como tú del amor?

—¡Eh! Yo te podría enseñar una o dos cosas sobre el amor, pero tendría que limpiarte los mocos de la nariz primero. En mis tiempos…

—Corta la prehistoria y déjame merecer mi botella. Te digo que hubo una escenita a la salida de la iglesia. Ella no quería quitarse el velo y él se puso firme y se lo arrebató sin muchos preámbulos. Ella lloró y tomó el velo entre las manos y lo besó y él tieso como un condenado guardia de palacio. Vaya manera de empezar una luna de miel.

—¿No oíste lo que se dijeron?

—No, bobo, tenía que mantenerme lejos, ¿ves? Y luego caminaron de la iglesia al hotel, en ese calor de Panamá que es como si de una vez te hubieran mandado al infierno. La señora traía el vestido pegado a la espalda como con cola, del sudor. Y él igualito, hecho un lord. Total que entraron al hotel y ella se dedicó a mandar telegramas mientras él sorbía un Planter's Punch en la barra y todos esos micos vestidos de holanes bailaban el tamborito.

—¿Por qué no repiten la boda a bordo? Sería muy divertido. Yo he visto varias bodas a bordo. El capitán tiene poderes y toda la cosa.

—Ella es papista, ¿ves? Con la iglesia basta.

—¿Cómo lo sabes?

—Lovejoy vio su pasaporte y sus documentos. Más papista que María Sangrienta. Una herejona forrada de libras, chelines y peniques.

—¿Y ahora tú esperas que otro te lo cocine para que tú lo saborees, eh?

—¡Ay! ¡Billy! ¡Suéltame la oreja! ¡Ah! ¡Viejo réprobo, te voy a cocinar a ti en aceite!

—No lo permitiré, ¿me oyes, Jack? Te tendré vigilado; te conozco todas las mañas; tú dejas a esa pareja de gente buena, decente y enamorada en paz, o vas a saber de lo que es capaz Billy Higgins y no se te olvide que antes de llegar a jefe de camareros pasé 20 años en la tripulación y sé patear debajo del cinturón. Así que vete con dios y camina derechito por la vereda estrecha o sabrás de mí como que tengo el nombre de Gwendolyn Brophy tatuado en el pecho.

—¡La perra que te parió, bucanero!

El *Rhodesia* zarpó de Balboa a las cuatro de la mañana con un cargamento de pasajeros ligeramente ebrios, posesionados de barajitas y manteles de encaje adquiridos en las tiendas hindús de la Avenida Central, esquilmados en los cabarets de humo azul y fichadoras mulatas, excitados por el girar rojinegro sobre tapetes verdes, hipnotizados por los traganíqueles parpadeantes, atarantados por la música tropical de órganos que se prolongaban en iridiscencias tubulares frente a barras de cristal redondas, aliviados al dejar atrás las sombras amarillas y moradas de las vecindades destartaladas de Calidonia, los raquíticos castillos de madera tambaleante poblados por negras panzonas que hacían girar sus parasoles azules en la noche, y pasar a los prados cepillados y las casas sólidas de la Zona del Canal, aspirar con náuseas la brisa del Pacífico y ascender por la escalerilla del vapor atracado.

—Thanks for the tip! —les gritó el que manejaba el taxi y añadió en español: —¡Aquí no tenemos ni la plata ni la páis!

Y Harrison Beatle le ofreció el brazo a su mujer. Y una hora después las compuertas de la esclusa de Miraflores, inundada del agua verdegrís, se abrieron para admitir el paso solemne del vapor, tirado por las dos mulas mecánicas que se arrastraban en la noche sobre los rieles negros y aceitados. Y fatalmente, el *Rhodesia* iluminado avanzó hacia la madrugada, penetró las esclusas de Pedro Miguel y, ya en la luz horizontal del trópico naciente, cumplió el ordenado paso del Corte de la Culebra, semejante a una daga blanca que apartó la tupida y lujosa selva de manglares y árboles de plátano que, al más leve descuido, volvería a invadir el trazo de la ingeniería.

Por el astro de la claraboya penetraba la luz aplomada cuando Mr. Lovejoy, el camarero, se inclinó para separar los cobertores de las sábanas y escudriñar éstas con un olfato de mastín y dos ojos angostados. Desde la puerta de la cabina, Jack, cruzado de brazos, rió. Mr. Lovejoy se incorporó nerviosamente y continuó haciendo la cama.

—¿Se van a cambiar de camarote? —preguntó Jack.

—Sí. El propio capitán les ha ofrecido la cabina matrimonial —Mr. Lovejoy tosió y sacudió la frazada—. Tuvieron suerte. La pareja que la ocupaba desembarca en Colón.

—Sí, pura suerte —Jack sonrió y disparó con los dedos la colilla del cigarro contra la cabeza calva de Lovejoy.

Sonriente, Isabel: con los brazos abiertos, danzó alrededor de la cabina matrimonial, ligera, impulsada por una música que sus labios silenciosos intentaban recuperar. Los pies descalzos sentían el cosquilleo del tapete, las manos extendidas rozaban las cortinas. Se detuvo, mordiéndose un dedo, sonrió y corrió sobre las puntas de los pies a la cómoda donde Harry ordenaba sus camisas.

—Harry, ¿se pueden recibir telegramas a bordo?

—Telegrafía sin hilos, querida —dijo Harry con el ceño fruncido.

Isabel lo abrazó con una fuerza que no dejó de sorprenderle.

—Harry, ¿te imaginas la cara que pondrá la tía Adelaida cuando se entere? ¿Sabes? Cuando vi que tenía bastante ahorrado empecé a pensar en el viaje, sentí miedo de venir sola y mi tía me dijo que me podía exponer a que un caballero decente y cincuentón se enamorara de mí. Ya conocerás a mi tía Adelaida. Usa un sofocante. ¿Cuánto tiempo tarda en llegar un telegrama a México?

—Pocas horas.

Harry iba acomodando las camisas en el primer cajón: una torrecilla para las de vestir, otra para las de deporte.

—¡Y Marilú! Le va a dar gusto, sí, pero envidia también. ¡Qué envidiota le va a dar!

143

La recién casada rió y bajó las manos a la cintura de Harry.

—Querida. Si no ordenamos la ropa cuanto antes, el camarote va a parecer una tienda de circo.

Harry hizo un leve intento de desprenderse de los brazos de Isabel, se detuvo, le acarició una mano.

—Sí, sí, después —Isabel acomodó la cabeza sobre el hombro de su marido—. Es que es una nueva vida... mi amor. —Se detuvo a considerar esas dos palabras, las repitió sin decirlas, moviendo los labios.

Harry se inclinó y pasó las manos sobre las camisas, como para asegurarles reposo y orden: —Puedes tomar los tableros del clóset para tus cosas. No te tendrás que agachar. Dividamos el clóset a la mitad. Los buques americanos tienen más espacio, pero debemos conformarnos.

—Sí sí sí —canturreó Isabel, soltó a Harry y volvió a danzar.

—Ahora las cosas de toilette —murmuró Harry, dirigiéndose a la puerta del baño, seguido por Isabel de puntillas, con las manos cruzadas sobre el regazo, jugando a la sombra del joven esbelto y rubio que se desabotonaba la camisa y miraba con sospecha hacia la redecilla del aire refrigerado.

—Puedes tomar el botiquín —añadió—; yo ocuparé la mesita junto a la tina. Menos peligroso para sus frascos. —Abrió el botiquín y afirmó con la cabeza.

Isabel introdujo la mano por la camisa abierta de Harry, le acarició el pecho, tocó la humedad de la axila, quiso arañarle la espalda, lo obligó a unir las cabezas frente al espejo y los dos se observaron reflejados, unidos.

—Es que no sabía, no sabía, no sabía —dijo Isabel y su vaho empañó el espejo—. Creí que las muchachas mentían. Me avergonzaba escucharlas. Se burlaban de mí porque me ponía colorada. Por eso se callaban cuando yo entraba a un lugar, se tapaban las bocas con las manos. Y ya no platicaban más. ¿Sabes? A veces veía las fotos de mi niñez y luego me miraba en el espejo y se me ocurría que algo pasó, que no era la misma, que sólo me quedaban el pelo lustroso, los ojos grandes, el cutis... Pero los labios como que se me habían hecho delgados y la nariz estrecha... Acabé por alejarme. Olvidé. No supe. Harry, ¿me entiendes?

—Queridísima Isabel.

Isabel levantó la mirada y encontró que ella y Harry, en el espejo, miraban a Harry. La mujer pasó la palma abierta por las mejillas del hombre:

—Necesitas rasurarte para la cena. Te verías bien con barba. Sería casi blanca, de tan güerita.

—Equivocación. Tiende a salirme rojiza. —Harry adelantó la quijada.

—¿Quisiste a muchas mujeres antes? —Isabel trazaba olas imaginarias sobre el pecho desnudo de Harry.

—Dosis adecuadas —sonrió el joven marido.

—A mí nadie me quiso antes, nadie... —Isabel besó el pecho de vello rizado que Harry apartó con violencia.

—¡Basta, Isabel! Basta de autocompasión. Me enferma la gente que se tiene lástima.

Harry salió del baño. Isabel se miró en el espejo por primera vez y se quitó los anteojos, se tocó los labios.

—Será necesario educarte —dijo con voz firme Mr. Beatle desde la cabina—. Ya sabía que en los trópicos el carácter degenera. No habré leído bien mi Conrad.

—En los trópicos... —repitió Isabel sin poder mirarse otra vez en el espejo—. No, la altura de la Ciudad de México… Harrison, es la segunda vez que me regañas desde que nos casamos ayer…

Le contestó un ruido de cajones abiertos y cerrados, de cortinas corridas y después un largo silencio.

Isabel esperó.

Harry tosió.

—Isabel.

—Sí.

—Perdóname si soy un poco brusco. Fui educado severamente. Pero tú también lo fuiste. Por eso me sentí atraído hacia ti, en primer lugar. Por tu decencia y circunspección. Sólo te falta un poco de carácter. Ahora eres mi mujer y nunca más debes compadecerte a ti misma. ¿Está claro? No lo toleraré. Lo siento, pero no lo toleraré. La esposa de Harrison Beatle debe ver el mundo con la cabeza alta y la mirada orgullosa. Isabel. Te digo todo esto porque te amo. Isabel. Adorable Isabel.

Con los anteojos entre las manos humedecidas, Isabel corrió fuera del baño, se arrojó en brazos de Harry y lloró con una gratitud que confundía, en cada sollozo ahogado, las caricias físicas dentro del camarote oscurecido y las caricias morales que, como la primera noche, libraban del signo del pecado ese temblor incontrolable, esa humedad oscuramente deseada y rechazada y, como las sábanas, sigilosamente apartadas por Harry en la penumbra, ofrecían frescura y conservaban tibieza: las manos de Harry, imaginaba lejanamente Isabel, tocaban al mismo tiempo un cuerpo y un espíritu. Esto era, entonces, el amor bendecido, la unión moral, la carne protegida por el sacramento. Buscó inútilmente palabras para decir gracias. Fraseó inútilmente un telegrama más a la tía Adelaida, explicando esto, tranquilizándola, haciéndole saber que era querida —¿cómo decirlo?— como quizá se quisieron sus padres, igual. Y pensarlo la confortaba dulcemente, la mantenía envuelta en una luz clara a sabiendas de que otra fuerza, una resaca de sueños olvidados en la adolescencia, la arrastraba bajo las olas negras y la ahogaba pero también le permitía murmurar: —Soy feliz, soy feliz, soy feliz.

Isabel consultó su reloj pulsera cuando el largo puente de pontones se abrió para dar paso al *Rhodesia*. Con lentitud, el buque penetró la rada del puerto de Willemstad. Isabel se dio cuenta de que el indicador del paso de los días se había detenido. Harry, a su lado, apoyaba los codos en el barandal de madera despintada y veía pasar los remates holandeses de la capital de Curaçao, los altos techos casi verticales, de dos aguas, transplantados de Haarlem, Gouda y Utrecht a esta isla caribeña, plana y calurosa, por cuyo firmamento asoleado pasaban las ráfagas penetrantes del humo de refinerías. Isabel le preguntó la fecha y Harry, con una mirada distraída, le contestó que era domingo. Ella rió: también ayer le había dicho que era domingo y por eso ella no había consultado el reloj y sólo ahora se daba cuenta de que todos los días le parecían de fiesta y que, desde Panamá, no se había preocupado por ese reloj-calendario que indicaba la hora, el día y el mes con una exactitud probada por los horarios comerciales de la tienda de Niza. Antes, la impuntualidad podría haber provocado una multa: a punto de explicárselo a Harry, se contuvo con una sonrisa: el pobre tenía una idea tan pintoresca de la vida en México, la falta de carácter de la gente tropical, las señoritas solteras acompañadas por dueñas con mantilla, la impuntualidad, la tierra de mañana, la inocencia… Le acarició la mano y los dos continuaron viendo el paso lento de los edificios, estrechos, con sus altas techumbres de pizarra y sus fachadas de colores pastel, a menudo coronadas con viejos emblemas heráldicos. Dentro de la rada Isabel miró hacia la popa, para ver cómo se volvía a desplazar, totalmente, de extremo a extremo, el viejo puente de pontones firmes, mientras el tránsito de automóviles, autobuses, bicicletas y peatones se amontonaba en las dos orillas. Sonó un agudo pitazo cuando el puente volvió a encontrar la piel caliente del pavimento y el ruido de motores, claxons, voces y campanillas se reanudó, como si el paso solemne del *Rhodesia* hubiese impuesto una tregua a la vida de Curaçao, como si la nave blanca, deslizándose sobre las aguas mansas de la bahía, cortándolas en silencio, casi sin turbarlas, hubiese provocado, una vez más, la admiración mágica que los hechos cotidianos terminan por disipar. Sin pensar esto, Isabel sí se sintió admirada de lejos por la multitud de negras desdentadas y negros nerviosamente esbeltos, venezolanos sudorosos, holandeses fríamente pulcros, españoles mal afeitados y mujeres de raza mezclada y cinturas libres, senos sueltos y caderas apretadas que veían la lenta y suave carrera del vapor y que, al fin, en las calles ardientes del puerto, la envolvieron con su vocinglería de idiomas, canturreos y ofrecimientos insistentes de plátanos y papayas, camotes y cocos, tomates y naranjas, mangos y mangas, pargos y corvinas dispuestos a lo largo de los muelles y vendidos desde las lanchas atracadas, cubiertas por techos de lona. Los negros, recostados entre las sombras hundidas de las embarcaciones, utilizaban los cajones repletos de fruta olorosa como almohadas de sus largas siestas y murmuraban órdenes a las negras lejanas y lentamente activas, con movimientos de imagen retardada, que gritaban los nombres de los productos a los posibles clientes y se turnaban en el caluroso quehacer, descansando a veces para trenzarse con dificultad los cortos cabellos crespos o atarse a las cabezas pañuelos negros y húmedos de sudor. Pero la vibración del mercado flotante, así como la serenidad nórdica del Helfrichplein con sus casas de gobierno y su estatua de la joven reina Guillermina sobre un pedestal rococó, no establecían para Isabel, al recorrerlos junto a Harry, un contraste entre sí y con su vida pasada, sino que prolongaban esa sensación del tiempo detenido en su reloj pulsera: el tiempo a la vez inmóvil y apresurado de una vida naciente, descubierta, que parecía borrar para siempre la realidad de toda su existencia previa. La espalda recta y el paso juvenil de Harry frente a ella, cuando penetraron por la Keukenstraat y aspiraron el aroma de café tropical, eran las pruebas de esta nueva vida en la que, sorpresivamente, los valores de lo aprendido y aceptado durante todos sus años se fundían con las delicias de lo previamente prohibido y rechazado. Siguió con la mirada los movimientos de su marido, lo vio detenerse frente a un café al aire libre, escoger una mesa, apartar una silla y esperar a que ella se acercara: Isabel se detuvo con la mirada húmeda y un temblor involuntario en la garganta. Ese hombre hermoso, de ojos grises en los que la alegría era dominada por la dignidad, ese joven de rubia cabellera y labios firmes, su hombre de brazos largos y manos hábiles...

Isabel le contó a Harry, mientras bebían los capuchinos, que este viaje le hacía recordar los juegos de su infancia, antes de que murieran sus padres, cuando todos vivían en una casa grande cerca del Tívoli del Elíseo. Esa casa conservaba, desde los tiempos de la niñez de su padre, una especie de gimnasio en el sótano, y los sábados en la tarde los primos se reunían. Los muchachos utilizaban las barras y las argollas, las pasarelas y un gran caballo decapitado, de cuero, para saltar. Las niñas se dedicaban a los juegos mexicanos, tan distintos, siempre ilustrados por palabras poéticas. Doña Blanca está cubierta por pilares de oro y plata. Romperemos un pilar para ver a doña Blanca. Isabel repitió con un sonsonete sus recuerdos. Una mexicana que frutas vendía, ciruela o chabacano, melón o sandía. A la víbora, víbora de la mar, de la mar, por aquí pueden pasar. Harry ladeó la cabeza y le pidió que repitiera el último cántico. Isabel lo hizo mientras él traducía, con los brazos cruzados y la mirada puesta en el gran cielo vertical de la isla.

—The snakes of the sea. Quite. The sea-snakes. Oh God.

Y rió sin ruido. Pagó el consumo. Isabel señaló una tienda que, con el letrero de Mocky Job, anunciaba la reparación de relojes y trabajos de joyería. Se llevó la mano izquierda a la muñeca derecha y recordó la descompostura de su reloj. Entraron a la tienda. El joyero, un viejo holandés rubicundo, de mejillas colgantes, examinó el reloj, lo desmontó y jugó un segundo con los engranajes antes de devolverlo a Isabel. La mujer se puso los anteojos y hurgó en la bolsa de mano.

—¿Cuánto es? —preguntó—. ¿Puedo pagarle en dólares? Creo que sólo traigo cheques de viajero.

—Un dólar —asintió el joyero.

Harry adelantó un billete y lo colocó sobre el mostrador. Isabel permaneció con la chequera abierta en la mano, confusa, sonrojada, al fin sonriente.

—Gracias. Vuelvan.

—Perdón —murmuró Isabel—. Es que como siempre he pagado yo mis cosas. Se me olvidó, Harry.

—No te preocupes, querida. Ya te acostumbrarás al matrimonio. Dime, ¿cómo sigue tu ronda infantil?

—A la víbora, víbora de la mar, de la mar, por aquí pueden pasar; los de adelante corren mucho, los de atrás se quedarán.

—Oh God.

—Sí, me siento como si volviera a jugar, de niña. Todo es tan alegre y tan bueno. No había vuelto a ser feliz desde entonces, Harry.

—Te confieso que la primera noche el barco me asustó —dijo Isabel mientras redoblaba cuidadosamente su camisón, guardado bajo la almohada.

Harry, acostado, dejó caer el ejemplar de *Fortune* sobre las rodillas cubiertas por la sábana: —Pero si este buen barco inglés es la decencia a flote.

—Sí, ahora sé. Pero entonces me engenté. ¡Mira! Ya se ven lejos las luces de Curaçao.

—¿No te da confianza el capitán tan bien afeitado? ¿El reverendo anglicano? ¿La distinguida senectud del pasaje?

—Ay, los curas protestantes me espantan más que ese cantinero loco…

Isabel rió. Harry bostezó. Ella consultó su reloj recién arreglado; él volvió a hojear la revista con desidia. Ella le recordó que se acercaba la hora de la cena. Él se excusó y dijo estar agotado. Ella bajó la mirada modosamente:

—Pero la gente va a comentar tu ausencia…

Harry extendió los brazos y acarició la mano de su esposa:

—Ordena que me traigan un consomé y un sándwich. That's a nice girl.

—Si quieres, te acompaño.

Harry la miró con la cabeza ladeada y una sorna fingida en los ojos:

—Sabes tan bien como yo que no quieres perderte una sola noche.

—Sí, pero contigo, ¡de veras!

—Muy bien. Mejor que mejor. Ve a cenar, extráñame mucho, conversa con la gente, toma una copa, piensa en lo que sería la vida sin mí y cuando ya no soportes más la lejanía, ven corriendo al camarote y dime que me amas.

Isabel se sentó junto a Harry y le abrazó el cuello, suspirando:

—Todo es tan distinto contigo. A todo le encuentras el lado alegre. Y al mismo tiempo, eres tan serio... Estoy tan contenta y al mismo tiempo tan asustada...

—¿Asustada? —Harry levantó la cabeza y apoyó la mejilla contra la de Isabel. La revista cayó al piso—. Ya salimos de la bahía.

—Nunca hemos hablado del futuro.

—Error imperdonable. Vendrás conmigo a Filadelfia, por supuesto.

—¿Y mi tía Adelaida?

—Puede vivir con nosotros. Hará buena amistad con mi madre. ¿Sabe jugar bridge?

—Sería una carga. Es tan vieja. Y le gusta hacer su santa voluntad. Si ella no da órdenes, no está contenta.

—Pobrecita Isabel. ¿Te ha tiranizado mucho?

No, no me entiendes. Ella es feliz a su manera y yo también de que me hagan las cosas. Nunca me preocupo. Digo, la tienda es mi responsabilidad y la casa le toca a mi tía. Además, sabe lidiar con las criadas. Eso es lo que yo nunca podría hacer. Puedo tratar con comerciantes, con los de los impuestos, todo eso. Pero no con las gatas. Las criadas me enferman, Harry. Marilú es distinta. Es de familia humilde pero es respetuosa y, bueno, ya se viste de otra manera y no se sale de su lugar. Una vez me puse mala y la criada que teníamos se atrevió a acariciarme la frente para ver si tenía fiebre. Sentí un asco horrible. Además tienen hijos sin saber quién fue el papá. Cosas así. Me enferman, de veras.

—Isabel: te prometo que la servidumbre de nuestra casa se moverá con la discreción de las nubes en verano.

—Perdón. Ya sé que no te gusta oír quejas. ¿Y cómo voy a quejarme? —Miró fijamente a Harrison, con una sonrisa torcida—. Cuando pienso cómo fui educada. Las monjas la vestían a una con un uniforme verde de mangas largas y cuello cerrado. Nos bañaban envueltas en camisones largos. Había que apagar la luz para desvestirse antes de dormir...

—Darling, ya dieron las ocho y no te has arreglado. Te lo aseguro. Me pondré al día en mi lectura, tú me extrañarás y regresarás queriéndome más. Y otra cosa, Isabel. Tienes que superar ese miedo. Ve sola y trata a los pasajeros. Recuerda que en Filadelfia tendremos que hacer vida social.

—Sí, Harry. Tienes razón. Gracias, Harry.

—Hurry on now. That's a nice girl.

—Asunto urgente, Mr. Jack. —Lovejoy se inclinó respetuosamente para acercarse a la oreja del joven que masticaba el lenguado en la mesa redonda de cuatro pasajeros; el murmullo del camarero calvo se perdió en el rumor de voces, risas bien educadas y cubiertos sobre porcelana.

—Puedes hablar, Lovejoy.

—El marido no bajó a cenar.

—¿Cuál marido, hombre? ¿Crees que soy el registro civil del barco?

—El marido de la sudamericana.

—¡Ah, ése! ¿Se enfermó? ¿Ha llamado al médico? Agotamiento prematuro, me imagino.

—No, no, Mr. Jack. Pidió un consomé y un sándwich de paté. Acabo de llevárselos.

—Bien, Lovejoy. Puedes retirarte.

—A las órdenes del señor, seguramente.

Jack sonrió a sus compañeros de mesa, se limpió los labios con la servilleta y levantó un dedo:

—Somelier! —Le dijo en voz baja al joven con anteojos que acariciaba el medallón que le colgaba sobre el pecho—: Dom Pérignon a la señora de la mesa 23.

Firmó el vale y volvió a sonreír.

—Ajá —le dijo a Jack la señora Jenkins cuando el joven rubio al fin se cercioró, con el cuello alargado, de que la botella, dentro de una cubeta de plata abrigada con servilletas húmedas, había sido colocada en la mesa de Isabel.

—¿Ajá qué? —le preguntó brutalmente Jack.

—Mr. Jack, ¿cómo puede ser usted tan grosero? —rió Mrs. Jenkins—. Caballeros ¿por qué toleramos a este rebelde sin causa en nuestra mesa?

El inglés de Gloucester esponjó las solapas de su smoking blanco y se acarició con un dedo los bigotes peinados hacia arriba. —Democracia, eso es. Ustedes la quisieron, pues aquí la tienen. Nunca pensé que cenaría con un ex camarero en mi vida.

Rió robustamente, pero Jack ya no lo escuchaba; con las manos cruzadas bajo el mentón, perseguía las reacciones de Isabel al recibir la champaña.

—Oh you wicked boy —ronroneó Mrs. Jenkins, cada vez más parecida a un injerto de elefante con gato—. Si quieres te digo. Se ha puesto colorada. Dice que jamás ha pedido champaña para la cena. El mozo le explica que se la envía con sus respetos ese joven de la mesa redonda. Ella vuelve a sonrojarse. Creerá que es un homenaje por su reciente boda. Mr. Charlie, ¿ha visto usted una pareja más dispareja que la de esa mexicana y mi compatriota de Filadelfia?

El viejo de los bigotes blancos gruñó: —Rebeldes sin causa, bloussons noirs, stiliagha, nezem, paparazzi, es el mal del siglo.

—No seas bruto, Charlie —el viejo de la barbilla arrancó de un tirón magistral el espinazo del lenguado—. Los paparazzi no son jóvenes enojados. Son una pasta italiana.

—Jo, jo —rió, ahora como elefante, Mrs. Jenkins—. Ahí tienen para lo que sirve la prensa inglesa. Los paparazzi no son spaghetti, Mr. Tommy, de la misma manera que los eunucos no son hombres, aunque la sustancia aparente sea la misma...

—Oh, cállense la boca —escupió Jack, entre las carcajadas de los tres viejos, y un instante después hizo brillar su sonrisa hacia los rumbos de Isabel, que la recogió confundida, bajó la cabeza y siguió cenando.

—¿Entonces qué es un paparazzi? —dijo Mr. Tommy el de Surrey, saboreando el filete de sole.

Charlie: —Un soldado italiano con plumas de gallo en la cabeza.

Mrs. Jenkins: —Una gallina egipcia con plumas de italiano en la cola.

Tommy: —Un tormento medieval que era introducido, ardiente, por la cola.

Charlie: —¿La cola va a ser el tema de esta noche?

Bien: supongamos que la gente es identificada por su cola y no por su cara.

Tommy: —Buenos días, qué cola tan rozagante se le ve a usted hoy.

Mrs. Jenkins: —Con un colorete Deleite en su cola será usted irresistible como un sorbete.

Tommy: —¿Cómo te reconoceré en el carnaval con esa mascarita en la cola?

Charlie: —Ahora, con la cirugía colar, puedes convertirte en estrella de cine: te nombraremos Anus Cyclops.

Tommy: —Y te compraremos un monóculo para tu astigmatismo del esfínter.

Mrs. Jenkins: —Y la hora de comer será indecente y secreta, pero la hora de defecar se hará en la amable compañía de amigos selectos.

Charlie: —En los restaurants habrá bacinicas en vez de platos.

Tommy: —Y los mozos en vez de ofrecer recibirán.

Charlie: —Oh what a jolly world!

Jack pegó con el puño sobre la mesa: —Shut your bloody mouths!

—¡Ése es el punto! —chilló Tommy—. Precisamente. Cerrar las bocas y abrir las...

—Y los paparazzi son unos bastardos fornicadores que le fotografían las tetas a Anita Ekberg —gritó Jack y soltó una carcajada que todos le corearon.

—Nada como mezclarse con las clases inferiores —rió Charlie tapándose la boca con la servilleta y poniéndose colorado de risa.

—La experiencia vicaria de mirar con rencor al pasado sintiendo un sabor de miel en los labios y viviendo en el presente con nuestro propio inglés enojado y Lucky Jim —suspiró sin interrupciones Tommy.

—Salve Brittania —Charlie levantó su copa y eructó—. Tierra de elección de la locura estoica.

—Really, some people overdo it —comentó glacialmente una dama, parte del último grupo en abandonar el comedor.

—¡Salve! —segundó Tommy, levantando la suya y dirigiendo una mirada de desprecio a la dama—. ¡Este real trono de putas, esta isla con centros nucleares prestados, esta tierra de majestad, este asiento de Stephen Ward, este otro Edén Anthony y demi-tasse, this happy breed of nymphs and kinkys, esta nodriza de macrós jamaiquinos, ese vientre preñado por Battenberg, esta tierra bendita, este reino, esta Inglaterra!

Tommy cayó sentado y miró con ojos vidriosos a la señora Jenkins: —A ver, ¿tienen los yanquis una poesía comparable?

Mrs. Jenkins se incorporó majestuosamente y cantó, con las papadas fláccidas y entre las risas contenidas de los grupos de mozos que presenciaban el espectáculo en el comedor vacío: —Oh diime, pueeedes ver, a la luz de la aurora, lo que taaan orgullosos arriamos en el último esplendor del crepúscuuuulo...!

La vieja extendió un brazo dramático y contrajo los músculos faciales: —¡Bum! ¡Volaron los niñitos en la escuela de Alabama! ¡Zas! ¡Dickenliz se metieron a la cama! ¡Pam! ¡Adquieran sus refugios pronto, que Rocky los vende y no es tonto! ¡Bang! ¡Jack Paar es nuestro Homero y Fulton Sheen nuestro niñero! ¡Frrrp! ¡En la tevé lloramos con Nixon y su perrito! ¡Zing! ¡En San Quintín asamos a Chessman todo enterito! ¡Tick tick tick tick mientras el tick de las cotizaciones haga tick tick tick alzaremos oraciones! ¿Qué no tenemos, eh? ¿Quieres el cielo? Te lo da Spellman. ¿Quieres sentimientos?

Oye a Liberace tocar el piano. ¿Quieres ganar amigos e influir sobre la gente? Regala millones a España y Vietnam. ¿Quieres jugar a los piratas? Húndete en la Bahía de Cochinos. ¿Quieres cultura? Jackie decora la Casa Blanca. ¡Oh, la inocencia de ayer, oh, las cabinas de madera, oh los pioneros del lejano oeste, oh los asaltos de los indios sioux, oh el charco bucólico de Walden, oh las cazas de brujas en Salem: Miller, thy name is Dimmesdale! ¡Viva Lincoln bien polveado, viva Grant desodorado, viva Jefferson sentado en bidet desagregado! ¡Consumamos, consumamos, en la tierra abundante, olfateemos nuestra caca con la nariz de Durante!

Gelatina, paquidermo o hacha, Mrs. Jenkins se dejó caer, sofocada, en brazos de Charlie: su rostro rubicundo encontró la boca abierta de Isabel, sentada al lado de Jack: —¿No bebe usted, ex virgen? —gimió Mrs. Jenkins y se desmayó.

—¿Qué le pasa? —gritó Isabel—. ¡No entiendo nada! Señor, usted ha sido muy fino, pero debo regresar a mi camarote…

Jack la detuvo suavemente del codo: —Debe ayudarnos con la señora Jenkins.

—¿A dónde llevamos al zepelín rosado de la libertad? —se contoneó Tommy al recoger su radio portátil.

—¡Por lo pronto quítenmela de encima! —gritó, sofocado, Charlie, que soportaba los 98 kilos drapeados.

—¡Al Pool Bar! —urgió Tommy y extendió un brazo agitando como sonaja la botella oculta dentro del aparato de radio.

Mrs. Jenkins abrió un ojo: —Pareces Jorge cruzando el Delaware.

—¡Un río de whisky con témpanos de hielo! ¡Independencia y revolución sobre las rocas! —chifló Charlie, tomó a Mrs. Jenkins de las axilas mientras Tommy le recogía las piernas y la alegre tropa inició el desfile hacia el Pool Bar, seguida de Jack e Isabel.

—Se puede uno divertir a bordo, Sra. Beatle.

—¿Señora? Ah, sí, sí, señora Beatle. Bueno, él dijo… digo, mi marido, que me divirtiera… no sabía…

—¿Qué sabía usted, señora? Isabella. ¿Puedo llamarla Isabella?

La puerta del elevador se abrió y todos entraron como pudieron. El joven elevadorista se tapó la nariz con la mano para no reír. Mrs. Jenkins fue detenida como una muralla sin cimientos por Tommy y Charlie, quienes a su vez buscaban el apoyo de la silenciosa jaula de laca. Entre los apretujones, Isabel y Jack quedaron en un rincón.

—Me llamo Isabel, no Isabella. ¿Cómo sabe usted?

Jack hizo un gesto con la mano: ese gesto de inspiración o desidioso esplendor, o indiferente suficiencia:

—Isabella es más romántico, más latino. Hay una lista de pasajeros, ¿sabes?

—Además…

—¿Abuso de confianza? ¿Falta de respeto? ¡Mire a su alrededor! ¡Todos estamos locos!

Isabel rió. La puerta se abrió y pasaron por el salón donde los pasajeros, en eterna competencia, jugaban a las preguntas y respuestas. El encargado de los juegos hacía preguntas por el micrófono y los equipos formados en una veintena de mesas escribían las respuestas y el número de la mesa y un miembro del grupo corrían a depositar el papelito en la mesa del jurado. El marinero de pantalones anchos iba anotando los puntos de los equipos en un pizarrón y los dos viejos, Charlie y Tommy, cargaban eficazmente a Mrs. Jenkins con Isabel y Jack detrás de ellos y la mexicana ocultó medio rostro con su bolsa de mano y el director del juego preguntó: —¿Quién inventó el psicoanálisis?

Charlie gritó: —¡Montgomery Clift! —y Tommy gritó: —¡No es cierto! Fue un astuto fabricante de divanes— y Charlie añadió: —¿Qué fue primero: el diván o el psicoanálisis?— y los dos soltaron a Mrs. Jenkins como un saco de ladrillos en medio del salón, se tomaron de las cinturas, movieron las piernas como bailarinas de can-can y aullaron con sus voces ebrias:

Edipo, Edipo, Edipo era un tipo
que celebró el Día de las Madres
con siestas todas las tardes.
Yocasta, Yocasta, Yocasta es la madrastra
que parió nietos de su hijo,
la incestuosa me lo dijo.

El organista del salón tocó música de Offenbach y Charlie y Tommy recogieron a la desvanecida y salieron corriendo entre risas y aplausos, fuera del salón iluminado y a la penumbra del Pool Bar donde Mrs. Jenkins, por última vez, fue depositada en un alto banquillo frente a la barra y sostenida por Lancelot el cantinero mientras Tommy tomaba por asalto el piano y modulaba las teclas con ripios acuosos a la Debussy y Charlie ordenaba, con voz clara y los codos sobre la barra: —¡Te he de confundir todavía, Lancelot! ¡Terciopelo de Medianoche!

El hombre con la cabeza de zanahoria sonrió mostrando unos dientes negros de cartón: —Champagne and stout, M'Lord...

—Blast it! —Charlie golpeó sobre la barra— Scarlett O'Hara!

El cantinero rió con la podredumbre ficticia de su boca, se agachó, emergió con unos pince-nez dorados y mezcló velozmente whisky, jugo de lima y el contenido de una lata de frambuesas molidas en una coctelera llena de hielo en polvo: la agitó frente al rostro congestionado y feroz de Charlie.

—¡Por la borda, Lancelot, por la borda! ¡Decididamente no se puede contigo! ¡Pierdes el tiempo en este barquichuelo de inmigrantes ucranianos! Marly, Fontainebleau, Windsor, Peterhoj, San Souci, Schönbrunn, Sardi's, Robert Batiré aux Halles, los palacios de mundo y los paladares principescos reclaman tus servicios… ¡Un Grillo! Grasshopper!

Lancelot volvió a agacharse, emergió esta vez con un sombrero de copa y un monóculo de listón negro y vació en otra coctelera fría una onza de crema pura, otra de crema de cacao y una tercera de crema de menta: ofreció la copa fría al caluroso Charlie. Frente a las tres mezclas, la negra, la roja y la verde, el de Gloucester ya no habló: sorbió una tras otra sin tocar las copas, manchándose los bigotes blancos hasta aparecer, ligeramente aturdido, con los colores nacionales de alguna nación aún no liberada en los labios.

—Un Álamo… —logró suspirar antes de caer para siempre— en honor de nuestra huésped mexicana…

Isabel, sentada junto a Jack al lado del piano, recibió el alto vaso de jugo de toronja con whisky.

—Remember the Alamo? —preguntó, guiñando los ojos sin cejas, el cantinero tocado con un gorro frigio.

—Es jugo de toronja —dijo Jack.

Isabel bebió con una mueca de repugnancia.

—Pero si yo nunca bebo.

—¿Despreciaste mi champaña, entonces?

—No, me la tomé. Pero ésa no es bebida de borrachos.

—Recuerdo mis años en California —decía con una voz muy dulce y ojos de ensoñación Tommy mientras tecleaba el piano—. Un bar de Oakland, en la época de la prohibición. Éramos jóvenes, irresponsables. Aún no caían sobre nuestras espaldas las obligaciones de la edad madura. Sólo se es joven una vez, señora —le guiñó el ojo a Isabel— y yo amaba a una extra de cine que decía llamarse Laverne O'Malley. Era la que pasaba la reata a Douglas Fairbanks para que trepara el muro del castillo. Éramos jóvenes y románticos y cantábamos.

Tommy pegó duro sobre las teclas y extrajo un gruñido de su diafragma:

—How ya gonna keep 'em down at the farm, now that they've seen Pareeeee...

Observó con ojos humedecidos a Isabel y Jack.

—No pierdan el tiempo, ositos koala. La cama es el único lugar de la amistad y el amor, del conocimiento y la crueldad, del desengaño y la enamoración. Al Jolson acabó con Laverne, San Francisco here I come, right back where I started from, Swannee, how I lovya, my dear old Swannee, Sonny Boy, If you don't get a letter then you'll know I'm in jail, Too-toot-tootsie dahn craay, porque Laverne tenía una voz capaz de interceptar a un cohete dirigido intercontinental y se hundió con John Gilbert y Ramón Novarro y ahora tiene una casa de huéspedes para actores retirados en un callejón sin salida al final de Wilshire Boulevard...

La voz de Tommy se quebró y su cabeza cayó llorando sobre las teclas. Jack apretó la mano de Isabel. La señora Beatle, mareada, no la retiró del firme puño del joven. Recorrió con la mirada nebulosa los tres bultos unánimes: Mrs. Jenkins roncando sobre la barra, apuntalada por el taburete; Charlie acurrucado en el suelo con la cabeza sobre una escupidera de cobre; Tommy lloriqueando junto a las teclas silenciosas. Y Jack, sin dejar de mirar fijamente a Isabel, sin soltar la mano húmeda, chifló la primera barra de dios salve a la Reina y Lancelot, en puntillas, caminó hasta el tocadiscos, lo hizo girar y dejó escuchar la voz de Sara Vaughan. Jack levantó a Isabel tomándola de los brazos, apoyó los dedos en la cintura de la recién casada y adoptó el ritmo más lento, casi inmóvil, con el que la señora Beatle había sido arrullada jamás, y de pie por añadidura. Por la cabeza confusa de Isabel pasaron insinuaciones de las rondas de su niñez, la piel de Harry, las olas quebradas por la quilla del *Rhodesia*, el aroma de desinfectante inglés y cocteles derramados. Y este segundo hombre no la apretaba, no abusaba de ella, se mantenía alejado, mirándola fijamente, casi sin moverse, como lo dictaba la canción lentísima: My little girl blue... Era otra, como otra había sido la mujer abandonada en el muelle de Acapulco, tan lejano, tan irreal. Y el código aprendido se derrumbaba y ella no sabía cómo responder a las palabras dichas y las situaciones creadas por la banda de Charlie, Tommy, Mrs. Jenkins y Jack, Jack que no cesaba de mirarla...

—No he dejado de mirarte desde que subiste al vapor, Isabella...

—Doña Blanca está cubierta, por pilares de oro y plata...

—¿Te sientes bien?

—Romperemos un pilar...

—Pero tú nunca me miraste a mí...

—Yo nunca te miré a ti...

Un oleaje caluroso le ascendió desde el vientre.

Acercó a Jack con los brazos y lo besó en la boca. En seguida se apartó, con una mueca de horror, lo miró tan fijamente como él. Ahora, la miraba sonriendo, con los ojos entreabiertos, y se tapó la cara con las manos, se dobló sobre sí misma con esa vergüenza que disipaba el color de las sienes pero no acababa de enfriar la tibieza del vientre y cayó hincada frente a Jack, inmóvil, lleno de fuerza en las piernas duras como dos árboles.

—Oh Jack, Jack, oh Jack…

—Ven. Levántate. Dame las manos. Vamos a tomar aire.

—Perdón. Se me subió. Nunca bebo. Nunca… Nunca…

Otra vez las orillas de la sal, raspadas como en un lago de hielo por el cuchillo del barco, en sus mejillas. Pero esta vez no con el fresco vigor del principio, sino con una espantosa insinuación de náusea.

—Llévame a mi camarote, Jack, por favor. Me siento mal.

—¿Quieres regresar a tu marido en este estado?

—No, no. ¿Qué hago?

—El aire acabará por serenarte. Apóyate en mi hombro.

—Qué vas a pensar de mí.

—Lo mismo de siempre. Que eres la muchacha más adorable del barco.

—No es cierto. No te burles.

Se dio cuenta de que, al gritar, el viento despojaba de toda fuerza sus palabras, que gritar, ahora, allí, era como estar muda. Los relámpagos sin ruido, mudos también, iluminaban la franja del horizonte. Jack movía los labios y ella no lo escuchaba. El viento agitaba la cabellera de ambos: el corte rubio de Jack, el pelo negro de Isabel que la cegaba y se le humedecía en la boca. Jack le quitó los anteojos a Isabel y los arrojó al mar. Isabel extendió una mano y sólo encontró el vacío del océano negro, sin más cuerpo que el ruido. Jack, sonriente, tomó la bolsa de mano de Isabel, extrajo el lápiz de cejas y el labial y comenzó a dibujar, veloz pero cuidadosamente; el nuevo rostro; arqueó las cejas, colmó los labios, con las manos arregló la cabellera. Isabel sintió la caricia de los dedos sobre sus sienes, sobre su frente, sobre su boca y por fin Jack le mostró a Isabel reflejada en el pequeño espejo, con esos cambios mínimos pero absolutos: las cejas querían expresarse, los labios plenos daban otra simetría al rostro y el cabello un desarreglo provocado a todo el cuerpo. Y el viento cesó y las voces pudieron escucharse de nuevo.

Cuando regresaron al salón, el trío de viejos se había recompuesto. Estaban sentados en los sillones de cuero verde jugando un juego de su invención: hacer una conversación con citas de Shakespeare. Lancelot, acomedido, les había preparado cocteles, a base de jugo de naranja y amargos y Charlie explicaba:

—¿Para qué gastar celdillas grises, como diría mi detective favorito, inventando de nuevo lo que ya está dicho, dicho para siempre y dicho soberbiamente? ¡A la salud del viejo Hill! ¿Maricón o Marlowe? Averígüelo la CIA. Él lo dijo todo, de manera que, por el amor de dios, sentémonos sobre la tierra y contemos tristes historias acerca de la muerte de los reyes. Ricardo II.

Mrs. Jenkins contuvo el hipo: —Me parece que mi cabeza es demasiado débil para beber. Otelo.

Tommy tocó la marcha nupcial de Mendelsohn en el piano; —muy trágica alegría. El sueño de una noche... —No pudo retener las lágrimas de su mueca risueña—: ...de verano.

—Pues a una esposa ligera corresponde un marido pesado —Charlie suspiró—. Mercader de Venecia.

Mrs. Jenkins cacareó: —¿Cuándo volveremos a encontrarnos los tres... truenos... relámpagos... lluvia...?

Charlie y Tommy se incorporaron, tensos y alegres, con las copas en alto, y exclamaron al parejo: —When the hurlyburly's done, when the battle's lost and won!

—Bloody fools —Jack se encogió de hombros y les dio la espalda—. Luego los cuelga la chusma y todavía se preguntan por qué y suben a la guillotina azorados, inocentes y llenos de su condenada dignidad. De una vez les metería un cohete por el fundillo.

—Jack... ese lenguaje... —murmuró Isabel—. Creo que ahora sí debo regresar.

Jack arqueó las cejas y mostró los dientes. —Qué, ¿se acabó el romance porque terminó la cortesía? Vaya, falda, tú sí que estás verde. ¿Con quién crees que tratas? ¿Se acabó la comedia? Entonces conoce al cabrón de Jack Murphy, que durante ocho años ha trabajado como camarero de esta misma bañera y ahora se ha gastado todos sus ahorros para convivir una sola vez con los gentiles caballeros y las graciosas damas...

—Tú... usted... ¿un sirviente?... ¿yo... yo besé a un criado...?

—Y de lo más bajo, preciosa. Con estas manitas manicuradas he lavado retretes y recogido condones, ¿qué te parece?

—Déjeme ir...

—Tú te sientas. Todavía me falta conocer a una señora encopetada a la que no le gusta que la ame su criado. Emociones, todas quieren emociones. ¿Con cuántas damas respetables me habré acostado en cada viajecito de éstos?

—¡Señora Jenkins! ¡Por favor! ¡Ayúdame!

—Y sin embargo temo a tu naturaleza —contestó desde lejos la potente californiana con un graznido—. Estás demasiado llena de la leche de la bondad humana. Macbeth.

Jack detuvo a Isabel de la muñeca: —Y hoy recibí el telegrama, ¿qué te parece?

—No sé, no sé, ¿qué telegrama? Por dios… ay, Marilú, o mi tía, ellas…

—La vieja, mi madre, toda una vida vendiendo flores en las calles de Blackpool, a la salida de los teatros, ¿sabes?, como en los melodramas de antes, bajo la nieve y la lluvia… y yo me gasté todo el dinero en el pasaje. Las bebidas me las dan por lástima.

—Me lastima usted. Suélteme, por lo que más quiera. Mi marido…

—¿No te interesa saber de mi madre? Eres bien dura.

—Señor, yo no entiendo nada, déjeme ir, se lo suplico…

—El corazón. Muerte segura en tres meses. Ni siquiera un penique para pagar el condenado hospital. Y yo aquí flirteando contigo. Y yo…

Jack cayó sobre el regazo de Isabel, sollozando.

Isabel mantuvo las manos en alto, como si quisiera exorcizar a un demonio, y al fin las dejó caer sobre la cabeza rubia de Jack.

—Jack… señor… oh dios mío, qué se hace en estos casos, yo nunca…

Abrió la bolsa y sacó un pañuelo. Se sonó ligeramente.

—Fair is foul and foul is fair —dijo Charlie entre hipos.

Isabel sacó de la bolsa la carterita azul. La desabrochó, encontró la pluma fuente y firmó con rapidez, al pie de cada cheque, con la letra de telaraña que le enseñaron en el Sagrado Corazón. Habló con la voz seca y amarga:

—¿Cuánto necesita? ¿Doscientos dólares, 500? Dígame.

Jack no contestó. Su sollozo era un largo gemido acompañado de varias negativas de cabeza.

Isabel metió los cheques de viajero en la bolsa del saco de Jack, apartó la cabeza del hombre como si fuese un delicado globo de cristal y salió lentamente del bar, seguida por la mirada biliosa de Lancelot y entre la indiferencia del terceto de borrachos que, sin sentirlo, habían ido descendiendo de citas:

—Merde —eructó Charlie.

—Te haría bien vomitar —dijo Mr. Harrison Beatle.

Vestía su combinación preferida: saco de lino azul y pantalón de franela blanca. Se arreglaba frente al espejo e Isabel, recostada bajo la estampa de la virgen de Guadalupe que había fijado con una tachuela proporcionada por Lovejoy, también se miró en el suyo de mano. Hizo una mueca de desagrado ante lo que vio reflejado: sacó la lengua y la examinó y olió la fragancia del agua de colonia que Harry roció sobre el pañuelo.

—Ay Harry mira. Nunca me había visto la lengua así. Ay qué vergüenza.

Harry pareció dudar al verse en el espejo.

—No lo puedo creer, Isabel. Juntarte con esa punta de viciosos.

Deshizo el nudo de la corbata.

—Ay Harry mejor no te hubiera dicho nada.

Abrió el clóset frunciendo el ceño.

—Por favor. No debe haber secretos entre tú y yo. Además te agradezco la sinceridad. Por lo menos, ahora sabes que con dos copas de champaña y un coctel podrías caer al mar. También tendré que enseñarte a beber en sociedad.

Suspiró y eligió una corbata azul de regimiento con listas rojas.

—¿Ves? Me hubiera quedado contigo mejor. Tú insististe en que fuera a divertirme...

Levantó el cuello de la camisa.

—Sí, pero pensé que lo harías con otra clase de gente. Abundan las parejas respetables. Tuviste que ir a dar con la ralea.

Anudó la nueva corbata.

—A las tres atracamos en Trinidad. Are you up to it?

Se observó detenidamente, reflejado.

—No, Harry, no creo que pueda bajar. Siento el estómago revuelto y la cabeza como si fuera de piedra. Harry...

Esbozó una sonrisa de satisfacción ante su atuendo.

—Nunca pensé que a mi propia esposa la tendría que curar de una borrachera. Nasty business. Isabel. ¿Si nosotros no mantenemos una norma de conducta, quién...?

Isabel se levantó, despeinada, ojerosa, con el rostro amarillento.

—Harry, Harry, ya no me hagas sentirme apenada... Harry, hay algo peor, que no te he dicho... Oh, Harry...

La mujer se hincó, sollozada. Abrazó las piernas de su marido.

—¿Qué? —Harry no la tocó—. Isabel. Uno trata de ser flexible. Pero llega un límite que no es posible pasar. Isabel, ¿qué has hecho de mi honor?

169

—No, no, no —balbuceó Isabel entre lágrimas—. No es lo… ¡Harry! ¿Cómo puedes pensar? Oh Harry, Harry, mi amor, mi marido. Harry. Es que creí que de ese modo lo injuriaba, le hacía pagar por las humillaciones, lo…

—Speak up, woman.

Isabel levantó la mirada y vio a su esposo alto y rubio como un trigal quemado por el sol. —Le di dinero, para humillarlo a él, ¿ves?, sólo por eso…

—Qué irresponsabilidad —Harry se desprendió violentamente del abrazo—. Sobre todo, no tenías por qué justificarte ante ese majadero. Hoy mismo lo buscaré y le haré devolver el dinero, por más desagradable que me parezca un encuentro con semejante vividor. ¿Cuánto le diste?

—No sé —Isabel quedó sentada sobre el piso—. Creo que 500 dólares. Es cuestión de contar los cheques para saber… Harry… No lo busques. Por favor, olvidemos todo esto —se levantó con dificultad. Primero se tuvo que detener a gatas—. Ya sé. Harry. Han sido tantas cosas, que estoy trastornada. Ya sé. Manéjame tú el dinero, por favorcito.

Harry le ofreció los brazos e Isabel se puso de pie, tambaleando.

—No quiero saber nada de tu dinero. Si lo deseas, regálaselo a tu tía. Olvidas con quién hablas. Ya me conocerás, con el tiempo. Entonces sabrás que mi honra es…

Isabel le tapó la boca con una mano, caminó con dificultad hasta la mesa de noche y recogió su bolsa. Se sentó y empezó a firmar un cheque tras otro, rápidamente.

—Cuídamelo, por favor. Nada más de pensar que pudiera repetirse lo de anoche, me da náuseas, Harry.

—Mi dinero y el tuyo deben permanecer aparte siempre. Es la condición para que vivamos unidos.

—Me queman estos cheques… Toma, toma, toma.

Iba arrancando cada cheque y dándoselo a Harry.

—Muy bien. Si ése es tu deseo —Harry los tomó con desagrado primero y decisión en seguida—. En Trinidad abriré una cuenta a tu nombre en mi propio banco y cuando regresemos a los Estados Unidos podrás girar. Espero que para entonces recuperes tus virtudes habituales.

—Sí, Harry, sí. Ahora quiero ser consentida, quiero que tú me compres mis cosas, quiero pedirte hasta para ir al salón de belleza —se pasó la mano por la cabellera—. Debo estar hecha una facha, ¿no?

Harry le tomó la mano y la besó. —Adorable Isabel.

—Sí, Harry. Ahora prepárate para bajar, ya no te preocupes. Descansaré toda la tarde.

El vapor disminuyó la marcha. Isabel arregló el pañuelo y el nudo de la corbata de Harry. Corrió a la mesa de noche, abrió un cajón y le tendió el pasaporte.

—Toma. Se te olvidaba esto.

—Ah. Gracias.

Harry salió del camarote. Isabel, en camisón, se hincó en la cama frente a la claraboya y desde allí vio acercarse los muelles de Puerto España. El vapor, al atracar, levantaba florones de lodo amarillo. Las voces de los negros que recibían las sogas arrojadas desde el *Rhodesia* y el ruido de la escalerilla al descender al muelle fueron detenidos del otro lado del cristal. Detrás de la actividad de los estibadores, sólo almacenes viejos y largos, de muros escarapelados y entrañas oscuras. Vio descender a Harry. Pegó con los nudillos sobre el cristal. Harry no miró hacia la claraboya. Penetró por una de las puertas oscuras de los almacenes. Otros nudillos golpearon sobre la puerta de la cabina. Isabel se arropó y se recostó contra las almohadas.

—Come in.

Asomó la larga nariz de Lovejoy pidiendo permiso y dando excusas. Entró, obsequioso, con una cajita de celofán bajo el brazo y un sobre entre los dedos pálidos. Depositó ambas cosas en el regazo de Isabel y salió sin darle la espalda, como un embajador japonés.

Isabel abrió la caja húmeda, perlada de sudor, donde yacía una orquídea amarilla y rosa. Rasgó el sobre, lo agitó y dejó caer sobre el regazo tres cheques de viajero, algunos billetes de cinco libras y una nota. Cerró los ojos. Al fin se atrevió a leer:

Dear Isabella: I love you. Will you ever believe it? Jack.

PS: I bought the flowers with your money.

Hope the change is OK. Impudent, but adoring you, J.

La náusea ascendió otra vez y se anudó en la garganta antes de disolverse en una dulzura empalagosa entre los dientes. Isabel no se atrevió a tocar las orquídeas, o los cheques, o el dinero. Acercó la nota a los pechos y murmuró, con los ojos cerrados:

—Te amo a ti. Subrayado. ¿Podrías creerlo algún día? Querida Isabella. —Escondió el rostro en la almohada y al cabo de unos segundos alargó la mano y a ciegas buscó la caja de celofán. Por fin pudo tocar el vello aterciopelado de la flor y acariciar los pétalos carnosos.

—¡Ay, Jack! Me haces daño.

—¿Y qué cara puso?

—Va aprendiendo.

—¿Qué quieres decir? Gargajo, placenta, te odio...

—¡Déjame hablar, Jackie boy!

—Soy todo orejas.

—No movió un músculo de la cara.

—¿Eso es todo lo que puedes decirme?

—Traté de oír del otro lado de la puerta. Sólo suspiró.

—¡Toma por tus servicios!

—¡Ay! ¡Ya no, Jackie, por favor! ¡Ya no! ¡Sí! ¡Otra vez! ¡No escondas el cinturón! ¡Pégame, por lo que más quieras, por todo lo que es divino!

—Culebra indecente, espermatozoide negro, moco peludo, toma...

—Oh Jack, ya no, dime qué quieres que haga por ti...

—De rodillas, miserable Lovejoy. ¿No escuchas el pitazo de la chimenea? Adiós, Trinidad. ¿No te das cuenta de que el viaje prosigue y pronto terminará? ¿Qué vas a hacer cuando el viaje termine?

—No sé, Jack, pero si una vez, una sola vez, tú quisieras, además de todo esto...

—Jamás, Lovejoy. Nunca me verás así. De pie, araña maldita. Corre a enredarte en tu tela.

—Oh Jackie, oh.

El vapor zarpó de Puerto España durante la cena y, al terminar el postre, Harry invitó a Isabel a subir al salón para tomar el café. Ocuparon lugares en un sofá hondo e inclinaron las cabezas cortésmente ante cada pareja vestida de noche que, tomada del brazo, se paseaba esperando la hora del cine. El capitán se detuvo a saludarlos. ("Ah, los recién casados. ¿Disfrutan el viaje? ¿Cuándo quieren visitar el puente?"), así como el pastor anglicano ("Siento, de verdad siento, que se me haya escapado la oportunidad de unirlos, pero al cabo todos somos hijos del Señor, ¿no es cierto?, y lo importante es la fe, no las formas, ah sí"), el segundo ingeniero ("El barco les ha de parecer chico para contener su felicidad, ¿eh?, pero cuando gusten bajamos a ver las máquinas para que se den una idea del tamaño"), el director de los juegos de a bordo ("Lo hemos extrañado en las competencias de cricket, Mr. Beatle. Está usted casada con el mejor bateador del buque, señora. Hasta parece inglés. No offense meant, I'm sure"), una pareja de norteamericanos de edad media ("No habíamos tenido la oportunidad de felicitarlos. Es lo más romántico que ha sucedido durante el viaje. Todos lo dicen"), otra de ingleses de edad avanzada ("Nada como un viaje por mar para el reposo. Tristes de regresar al país. Treinta y cuatro nietos"). Pero sólo una colombiana ojerosa y vestida de negro obligó a Isabel a fijar la mirada en un interlocutor: a unos metros de distancia, Jack jugaba a las cartas en una mesa. Barajaba, repartía, recogía sus naipes, apostaba, perdía o ganaba sin dejar de ver a Isabel.

—Debíamos vernos, mire que somos las únicas latinas del barco.

—Sí encantada. No faltaba más.

—Claro que yo comprendo. Usted acaba de casarse con el mono.

—¿Cómo?

—El mono, el catire, el rucio, el rubio, ¿cómo dicen ustedes pues?

—Ah, el güero. Sí.

—Entonces hasta pronto.

—Sí. Cómo no. A sus órdenes.

—¿Qué observas, Isabel querida? —dijo Harry cuando la colombiana se alejó.

—Nada Harry. De veras. Veo el salón.

—¿Te das cuenta de que puede pasarse una noche verdaderamente agradable a bordo?

—Sí, Harry.

—Entonces, ¿por qué te noto triste?

—No, si no estoy triste. Serena nada más, que no es lo mismo.

—Cualquier mujer estaría feliz.

—Sí, eso quise decir. Estar serena es estar feliz, ¿no?

—Claro. Con dos hombres. Me imagino que ninguna otra mujer en este barco trae de cabeza a dos hombres.

—¿Qué quieres decir? Harry, por favorcito. Te pedí que ya no habláramos de eso.

—Eres muy descuidada. Una billet-doux no se esconde debajo de la almohada.

—Harry.

—Oh God. "Insolente, pero adorándote, J." Eres tan descuidada como promiscua, mi amor.

—Pero yo no…

—Sí, comprendo. No tienes por qué ser distinta de las demás mujeres. Ahora sabes que siento celos y tratarás de atormentarme.

Harry rió nerviosamente y con el rostro adusto. Isabel no supo qué contestar. Pero levantó los ojos con una sensación de fuerza vanidosa.

—Hasta has cambiado de maquillaje y peinado, ya veo. ¿De dónde sacaste esas cejas tan dibujadas y esos labios…? Isabel, te estoy dirigiendo la palabra.

Y los fijó con descaro en la mirada intensa de Jack. El joven rubio continuó barajando en silencio.

"Here, sir", "Look here, daddy-o", "Come, sir", "Penny, daddy": los jóvenes negros nadaban furiosamente al lado del *Rhodesia* y se clavaban gritando para recuperar las monedas arrojadas por los pasajeros desde las cubiertas de babor. Dos o tres lanchas de remo eran mecidas por las olas cerca del equipo de buceadores anhelantes, que emergían de las zambullidas sin aire en los pulmones, con los ojos inyectados y una saliva gruesa en el mentón. Pero entre todos, una sola mujer, una negra de 15 años, esbelta y sin pechos, gritaba más que nadie, se clavaba mostrando las nalgas pequeñas, surgía del mar como una lanza, vestida con un viejo traje de baño verde y aullaba con todas sus fuerzas:

—Look at me, daddy-o! Silver here, sir! Please!

Y esperaba la moneda con una fascinación brillante en los grandes ojos blancos, como si esta tarea no fuese una manera de ganarse la vida, sino un juego excitante y placentero:

—Gimme, sir, ooooh Daddy-oooooh...

En el mediodía encapotado y tibio, de pura resolana, las lanchas motor del *Rhodesia* iban transportando en tandas a los pasajeros que deseaban descender a Bridgetown. La costa de Barbados, en la lejanía, contrastaba los edificios de madera roja y los crecimientos negros del zacatón con la blancura del agua asentada sobre una arena sin color.

"Mañana estaremos en Barbados —le había dicho Harry a Isabel cuando regresaron al camarote y empezaron a desvestirse—. Es la última escala antes de Miami.

De Miami volaremos a Nueva York y luego bajaremos en tren a Filadelfia. Quiero ser civilizado y flexible contigo. Me doy cuenta de tu excitación. En contra de tu voluntad, no lo dudo, ese pobre diablo se ha enamorado de ti. Para ti es una situación excepcional. Tan excepcional, que no volverá a repetirse. Jamás. Porque en mi casa te espera otra vida. Por lo demás, la misma que según entiendo siempre has vivido y para la que fuiste educada. Entonces liquida este asunto, Isabel. Baja sola a Bridgetown. Si quieres, toma una copa y paséate con tu insólito galán. Quiero darte esta prueba de confianza. Sí, te lo aseguro. Quiero que veas a ese hombre en frío, a la luz del día. Para que te convenzas de que es sólo un criado. Es más: te lo exijo. Quiero que pierdas esa ilusión y volvamos a vivir en paz."

En realidad, al bajar por la escalerilla a la lancha y al cruzar el brazo de mar que separaba al vapor de los muelles, Isabel sólo pensó en enviar una tarjeta a la tía Adelaida y otra a Marilú, hablándoles de las maravillosas experiencias. Boda, amor, un rostro nuevo, Isabel entre el deseo de dos hombres. Una y otra vez intentó redactar, en la cabeza, esas tarjetas que producirían asombro, envidia, desilusión, sentimientos de autoridad perdida, de vejez fatal frente a juventud recuperada, de tedio aprisionado frente a libre entusiasmo. ¿Qué caras pondrían?, se repitió Isabel con una sonrisa que no influía sobre el incontrolable latir de la boca del estómago.

—Siempre que bajamos aquí, Jack va a la playa de Accra —le había dicho Lovejoy con un guiño y el billete de cinco libras apretado en el puño—. Ahí el agua parece pura ginebra, señora, y Jack se exhibe en bikini y enloquece a todas las faldas.

Isabel había extendido el billete sin tocar la mano de Lovejoy: estaba segura de que era húmeda, pegajosa y fría. Y la palabra "alcahuete", ese insulto lejano y sin comprobación, le hacía cosquillas, con su actualidad, en el paladar.

Pero ahora, en el muelle, las bandas de acero tocaban, con una intensa lasitud, los calipsos de las islas. Los negros de pantalones blancos y blusas amarillas tamborileaban con destreza sobre los barriles huecos y las tapas de metal y sus zonas dibujadas y numeradas con pintura blanca: Shut your mouth, "Go away", "Mamma", "Look-a Bubu-Dad…"

Tomó un taxi a la salida del embarcadero y lo dirigió a la playa de Accra. El auto costeaba y se alejaba de la ciudad, dejando atrás a las familias de negros endomingados que salían de misa, a los procuradores tocados con carretes anacrónicos que asediaban a los turistas masculinos con ofrecimientos para profanar el día del Señor, a los jóvenes barnizados que entraban y salían por las cantinas del puerto: alejándose velozmente del horror victoriano de los edificios pintados de rojo, con altas mansardas, remates en veleta y falsa cúpula y largos balcones de hierro forjado. El taxi se detuvo frente a un hotel color de rosa. Isabel atravesó los salones y salió a la playa. Le resultaba difícil caminar con los tacones altos y la brisa agitaba la falda. Se quitó los zapatos y sintió las brasas hondas de la arena en las plantas de los pies. Con la otra mano, detuvo los pliegues de la falda entre las rodillas y avanzó, un poco encorvada, hacia el jirón de arena. Olvidó los zapatos y los pliegues para buscar sus anteojos de repuesto en la bolsa y, guiñando contra la resolana, quiso localizar a Jack entre los hombres que reposaban de cara al sol, o unían la frente y la nariz a las de sus compañeros recostados boca abajo, o jugaban a la pelota o se zambullían en el mar. El sol del Caribe era un limón lejano disuelto en brumas calientes: Isabel hizo una visera de la mano y recorrió la franja de arena varias veces. Por fin se sentó bajo una sombrilla a esperar. Acabó adormilándose y en el sueño se dio cuenta de su fatiga nerviosa, del pago cobrado por la excitación fuera de lo común. Dormitó sin dejar de escuchar las voces y los rumores de la playa. Mantuvo abierta una ventana en el sueño, como si se atreviese a reconocer a ciegas la voz, el paso o el sudor de Jack. Abrió los ojos con una sensación de hambre. Consultó el reloj pulsera. Las tres de la tarde. Se levantó, recogió los zapatos y la bolsa de mano, se sacudió la arena de la falda y caminó hacia el hotel. Pudo reconocer, saliendo del mar, dirigiéndose a las duchas, sentados en sillas de lona, a varios pasajeros del *Rhodesia*. También Charlie y Tommy pasaron chapoteando por las orillas del mar, mojando sus alpargatas y cantando alguna letrilla obscena. Pensó que Jack podría estar en la barra.

Tomó asiento, sola y un poco atarantada por la resolana, en una caballeriza. Había poca gente en el bar. Algunos hombres, obviamente funcionarios de la isla, sentados sobre taburetes. Y dos o tres grupos en las caballerizas. Isabel se sintió segura en su lugar: pudo ordenar un jerez sin bajar la mirada, sin sudor en las manos, sin titubear. Y detrás de ella, separada por la altura de cedro pulido de la caballeriza, escuchó la voz destemplada de la señora Jenkins, sentada con un grupo de pasajeros.

—...como los ingleses. No he visto nada ni nadie que beba más. Otro Tom Collins para acercarme a la marca olímpica. Oh boy, después de esto tres años más en la Fremont High School...

El mozo colocó la copa de jerez frente a Isabel. La mexicana sonrió y pensó en levantarse y saludar a Mrs.

Jenkins. Quizá sabría algo de Jack. Pero antes decidió beber un sorbo.

—...la mitad de los muchachos acaban de delincuentes juveniles, ¡muy bien! Yo a su edad era una flapper descarada. Me vestía como Clara Bow y andaba toda la noche gritando en un convertible...

El jerez descendió suavemente al estómago y allí prendió un fuego leve y amistoso. Isabel sonrió. La voz de la señora Jenkins dominaba las risas de sus acompañantes en la caballeriza vecina.

—Pero el peor rebelde sin causa en California es un niño de teta al lado de estos ingleses. Borrachos, gigolos, pornógrafos, de todo hay y siempre con las caras muy solemnes, como si la Reina estuviera a punto de entrar y colgarles la Orden de la Jarretera... Aaaag.

Isabel contuvo la risa y escuchó el escupitajo certero de la señora Jenkins sobre el filo de cobre.

—Charlie and Tommy just don't have any visible means of support. Yo no sé quién los mantiene, de bar en bar y de mar en mar. Y ese grosero de Jack, ¿cómo se las arregla para viajar en primera? Dizque los ahorros de cuando lavaba retretes. Ja. Ja. Very fishy. ¿Y por qué andaba a escondidas en un parque de Trinidad ayer con ese tipo que se viste como el Gran Chambelán de la Corte, el marido de la mexicanita? ¿Y qué le ve ese señor Beatle tan guapo a una solterona sin gracia como esa mexi...?

Isabel detuvo el vaso de jerez con las dos manos. Lo apretó, como si temiera que, por su propio impulso, la copa se estrellase contra el piso de mármoles blancos y negros.

Entró al camarote con un temblor tenso, con una lucidez de palabras estranguladas, gritando en silencio el nombre de su marido, buscándolo, inverosímilmente, en el baño, en el clóset, debajo de la cama, como si creyese que Harry ya estaba escondido para no hablarle. Se sentó frente al espejo, sin mirarse. Metió los dedos en el pomo de crema y la untó sobre las cejas y la boca. Despeinada, se colocó los anteojos y se soltó el pelo.

Esperó, inmóvil, frente al espejo.

Se levantó y salió al corredor.

Pasó entre los mozos que rociaban desinfectante y lavaban los pisos de linóleo. Tropezó contra una cubeta de agua gris y jabonosa. Lovejoy asomó desde la cabina de los criados.

—Lléveme al camarote del señor Jack...

—Con placer, señora, seguramente.

Lovejoy se inclinó con una mano extendida. Del dedo alargado pendía un manojo de llaves.

—Usted perdonará, milady —musitó el criado calvo y narizón, vestido con una camisa de mangas cortas rayada en blanco y gris—. En las escalas aprovechamos para asear el barco sin molestar a nadie.

Los mozos arrojaban baldes de agua, cepillaban los pisos, fregaban con estropajos los excusados. Isabel siguió a Lovejoy a la cubierta B.

—No piense mal de Mr. Jack. Su cabina no es a lo que usted está acostumbrada. Es interior, sin claraboya. El pobre ha ahorrado tanto.

Penetraron por un corredor estrecho y silencioso, cerrado al fondo por la puerta de un camarote.

Se detuvieron frente a ella y Lovejoy se llevó un dedo a los labios al tiempo que escogía una llave del manojo.

Abrió lentamente la puerta, sonriendo. Isabel se detuvo en el umbral. Lovejoy se hizo a un lado y en seguida se colocó detrás de Isabel, mirando sobre el hombro de la mujer hacia la cabina apenas iluminada por la lámpara de noche que dibujaba, y aun parecía subrayar, las siluetas desnudas, recostadas en la cama, dormidas, abrazadas, fatigadas, rubias: Isabel miró el perfil recortado de los dos hombres que dormían sin inquietud, el uno frente al otro. Lovejoy se tapó la boca con la mano y su risilla no perturbó el sueño de los amantes. Cerró la puerta con suavidad.

Alguien le había dicho que la proa era el lugar más silencioso del barco. Pero para llegar a ella era preciso descender tres cubiertas y salir a los compartimentos de la tripulación. La guiaron, quizá, los olores. Como al principio, el buque volvía a ser esta sensualidad primaria del olfato: lejos del desinfectante y el agua jabonosa, lejos de las cortinas de zaraza y los tapetes hondos, lejos de la pintura blanca y la alberca salada, hacia estos aromas de cocina, de quesos fermentados y carne empanizada, hacia estos cuartos abiertos que olían a ropa usada, a bulbos quemados de tocadiscos viejos, a sábanas húmedas: los jóvenes de la tripulación se asomaron al paso de Isabel, mostrando los rostros blanqueados por la crema de rasurar, las axilas empapadas, los brazos tatuados. El *Rhodesia*, en marcha, buscaba el aliento del Atlántico. Sin mirarlos, Isabel pasó junto a los hindús color de ceniza, sentados sobre la cubierta agitada de viento, con los turbantes deshebrados, los pies desnudos y los anchos pantalones de ribetes sedosos, que jugaban a los dados y conversaban con voces tipludas. Algunos rostros barbados se levantaron a mirarla; algunos ojos de carbón apagado guiñaron y esa tripulación secreta, jamás vista en las cubiertas del pasaje, rió agudamente mostrando los dientes color de nicotina. Isabel subió por la escalerilla que conducía a la proa, cabeza y extremo del barco. El ruido y el olor quedaron detrás. Isabel se detuvo de un barrote oxidado con ambas manos. La respiración del barco, así como la del mar que lo arrullaba, era aquí más honda. La proa se levantaba y caía con un ritmo alto, lento y silencioso. El escotillón del ancla dejaba ver, entre las macizas trenzas de hierro, una parcela azul del mar del atardecer. No soltó el barrote. El océano era el corazón que latía sin pausa, el espejo sin luz que Isabel se asomó a ver, vasta reproducción de los falsos colores del cielo, azogue veloz y cambiante sobre el que ningún ojo humano podría encontrar su gemelo. Soltó el barrote y observó las palmas manchadas de hollín ferroso. Cayó de hinojos y terminó por abrazarse a sí misma con las rodillas unidas al mentón, sintiendo los bordes de la sal, otra vez, en los labios despintados y la caricia del viento en el cabello peinado al gusto de la brisa. El Atlántico se abría frente a ella y la invitaba.

Billy Higgins la había visto pasar rumbo a la proa. El viejo jefe de camareros estaba aprovechando estas horas del sol poniente para tostarse, tendido sobre una silla de lona, con el torso desnudo, el nombre de Gwendolyn Brophy tatuado entre las tetillas encanecidas y un puro corto adquirido en Trinidad entre los dientes. La vio pasar y se preguntó qué hacía la señora Beatle en el sector reservado a la tripulación. Notó el paso lento y lejano de Isabel y la mirada triste. Pensó en Jack y recordó la amenaza que le había hecho.

Suspiró y levantó del vientre desnudo la novela de Max Brand. Se dijo que sería un buen entrometido si se acercara a la señora y siguió leyendo y fumando tranquilamente. Terminó un capítulo y miró hacia la proa. ¿Entonces quién, si no él, había aceptado la propina de Mr. Harrison Beatle para sentarlo en la mesa numero 23? Se preocupó, arrojó la novela a un lado y se levantó de la silla.

—Cálmate, Harry. Tres días más y estaremos en Miami.

—Estoy aburrido de actuar.

—Quita eso. Las dificultades para vernos. Tuviste una buena idea mandándola sola a Barbados.

—¿Te la imaginas, Jackie? Buscándote por la playa, con los anteojitos, llena de ilusión…

—Sé más compasivo, amor. Da gracias por la suerte que nos trajo y ya.

—Ocho mil 500 dólares. Se dice fácil. Podemos vivir como príncipes durante tres o cuatro meses sin volver a trabajar. Tomaremos un piso en Nueva York, saldremos todas las noches, recibiremos a los amigos.

—Seguro, Harry. En Miami abandonamos el barco y en unas horas nos sonríen las luces de Broadway. ¿Y después?

—Cuando estemos descansados nos pondremos a pensar. Estas cosas hay que planearlas a la perfección. Ya llevo cinco años en este negocio. Aunque no siempre se tiene tanta suerte.

—It's breeding that does it, Harry. Con tu educación podías engañar al propio Lord Astor. Y todo lo que me has enseñado: sommelier, Dom Pérignon, all those fancy things. Nunca podré pagarte, de verdad, créeme, Harry. You're real cool.

—Qué curioso. El único miedo que me daba era que viese el pasaporte y se diera cuenta de que le había mentido en lo de la edad. La única vez que me latió el corazón fue cuando ella me tendió el pasaporte al bajar a Trinidad. Creí que allí se desplomaba el cuento. Qué risa, las cosas que lo asustan a uno.

—¿Y la iglesia no?

—Soy Adventista del Séptimo Día y nunca me caso con una dama de mi religión.

—¿Te gusta así?

—Nadie como tú. Desde que te vi en ese pub la primavera pasada, ¿recuerdas?

—Desquítate, después de tantas noches de sacrificio.

—No sabía que las mexicanas eran tan desabridas. De todas maneras, pobrecita. Empezaba a quererla, como a una tía vieja. Pensar que tenemos que hacer la comedia tres días más, ¡ooooooooh!

—Ahora olvida eso. Ven, Harry, ven.

—A la víbora, víbora de la mar, de la mar.

Índice

Cantar de ciegos de Carlos Fuentes
se terminó de imprimir en septiembre de 2016
en los talleres de
Impresora Tauro S.A. de C.V.
Av. Plutarco Elías Calles 396, col. Los Reyes,
Ciudad de México